U0599314

纳兰词典评

苏缨

湖南文艺出版社
HUNAN LITERATURE AND ART PUBLISHING HOUSE

博集天卷
CS-BOOKY

图书在版编目（CIP）数据

纳兰词典评 /苏缨著. 一增订本. 一长沙：湖南文艺出版社，2015.9
ISBN 978-7-5404-6929-0

Ⅰ.①纳… Ⅱ.①苏… Ⅲ.①纳兰性德（1654～1685）–词（文学）–诗歌
欣赏 Ⅳ.①I207.23

中国版本图书馆CIP数据核字（2014）第237281号

上架建议：文学经典·诗词鉴赏

纳兰词典评

作　　者：	苏　缨	
出 版 人：	刘清华	
责任编辑：	薛　健　刘诗哲	
监　　制：	毛闽峰　李　娜	
策划编辑：	陈春红　郑中莉	
文案编辑：	王　静	
营销编辑：	张　璐	
封面设计：	熊琼工作室	
版式设计：	利　锐	
出版发行：	湖南文艺出版社	
	（长沙市雨花区东二环一段508号　邮编：410014）	
网　　址：	www.hnwy.net	
印　　刷：	三河市鑫金马印装有限公司	
经　　销：	新华书店	
开　　本：	787mm×1092mm　1/16	
字　　数：	161 千字	
印　　张：	16.5	
版　　次：	2015年9月第1版	
印　　次：	2015年9月第1次印刷	
书　　号：	ISBN 978-7-5404-6929-0	
定　　价：	38.00 元	

质量监督电话：010-59096394
团购电话：010-59320018

目录

序

| 1 |

　　历代文学，大家都说唐诗、宋词，至于清代词人，在当今能够名世的也只有一个纳兰性德了。纳兰性德可以称为南唐后主李煜的传人，他的词直抒胸臆，独发性灵。以王国维这样的大家，也推崇纳兰性德为北宋之后的词坛第一人。

　　纳兰性德却不是汉人。他的姓是纳兰，这两个漂亮的字可不是汉人的复姓，而是满语的汉译。旧时译作纳兰，后来改译那拉——

如果叫那拉性德，似乎有损这位浊世佳公子的形象了，就像林黛玉不能叫林翠花一样。但纳兰和那拉确实是一家人，这个姓的最著名的人物还不能算是纳兰性德，而是慈禧太后。

如果做一次寻根之旅，纳兰或那拉也不是满姓，而是蒙古姓，原本是蒙古的土默特姓。土默特消灭了一支满族人，占领了他们的地盘，却不知为什么改称了这些被征服者的姓氏——纳兰（那拉）。后来，他们又举族迁徙到了今属辽宁省的叶赫河岸，建立叶赫国。叶赫，是蒙语"伟大"的意思。我们在清史里边经常遇到的一个词"叶赫那拉"，源头便在这里。

同在东北，那拉氏和爱新觉罗氏之间既有姻亲，也有血仇——前者，皇太极的皇后就是纳兰性德的高祖姑；后者，叶赫兵曾在萨尔浒战役中策应明军，并随着明军一起被努尔哈赤击败，随后，努尔哈赤消灭了叶赫，纳兰性德的曾祖父便被努尔哈赤的军队所杀。祖先的仇恨与亲情，纠缠不清。

| 2 |

清朝定鼎之后，大学士明珠成为一个权倾朝野的人物，正是他，给了纳兰性德这个家中长男以人见人羡的贵公子出身和精英级的满汉两种传统的教育。出身始终是决定一个人命运的最强有力的因素，

这是命定的，也是很难摆脱的。这种天生的富贵造就了纳兰性德一副贵公子的气质与风骨，正如普希金论诗的时候所说的："诗歌要有贵族气"，所以，纳兰性德的诗词便天然带有了这种"贵族气"。诗歌，就其精神意义来讲，是高贵的，它需要高贵的声音和高贵的情怀，而不仅是高贵的出身——在这层意义上，纳兰性德更加符合贵族的标准。

王国维曾说，纳兰词之所以高妙绝伦，正因为"未染汉人习气"。其实王国维的话应该这样理解：纳兰性德兼具了汉文化的深厚修养和满人的质朴天真，正是质胜文则史，文胜质则野，文质彬彬，然后君子。

| 3 |

纳兰性德原名成德，后来为避东宫太子之讳，改名性德，字容若，号楞伽山人，满洲正黄旗人，自幼生活在北京。我们以后便以容若来称呼他了。

容若文武兼资，他和康熙皇帝年龄相仿，后来做了康熙皇帝身边的三等侍卫，又升迁为一等侍卫。这个身份，约略就是武侠小说里常见的"大内高手"——这个以词名世的贵公子居然是宫中的一等侍卫，货真价实的大内高手。

容若几乎拥有了世间的一切，但他少有快乐，是个情深不寿的典型，仅仅活到三十岁。一个多情而深情的男人，一个风流自赏的公子，他的死亡就像钱塘苏小小给人的感觉一样，有说不清的惆怅。

| 4 |

我们喜欢一个人、一幅画、一本书、一首诗，真正喜欢的往往不是那人、画、书、诗本身，而是从中看到的我们自己。人是一种自恋的动物，总在其他人身上寻找着适合自己的镜子。

容若就是这样的一面镜子，一面适合许多人的镜子。

| 5 |

诗该如何解？

弗罗斯特说：“所谓诗，就是翻译之后失去的东西。”这话说得一点不错，但是，这是在美感意义上而言的，而不是在表意的层面。

我们看到一首诗词，觉得很美，却说不清这诗词写的究竟是什么内容。觉得很美，这属于审美层面；看不懂意思，这属于表意层面。意思真的也是无解的吗？当然不是，成熟的诗词作品，其表意都是很流畅的，我们之所以看不懂，只是因为诗歌的年代太久远，我们的水平又很有限而已。

比如，李商隐的诗向来以难于索解著称，但其实真正难于索解的往往只是诗歌背后的故事，至于字面上的表意，并不难解。

以李商隐最著名的《锦瑟》为例：

锦瑟无端五十弦，一弦一柱思华年。

庄生晓梦迷蝴蝶，望帝春心托杜鹃。

沧海月明珠有泪，蓝田日暖玉生烟。

此情可待成追忆，只是当时已惘然。

这首诗，虽然没有什么生僻的用典，可如果逐字逐句来读，确实不易理解。但是，只要你知道律诗的章法，就可以一目了然。

律诗分五律和七律，每两句话构成一组，一共是八句四组，这四组分别是：起、承、转、合，也就是说：前两句是开头，接下来的两句要承接上文，再接下来的两句要转折，最后两句做总结。比如：

今天下雨了，我不由得想起了老朋友容若。（起，开头）

容若是我相处三年的老朋友了，我们相处一直很愉快。（承，承接上文）

但容若最近不大爱理我了，也不知道是为了什么。（转，转折）

不管为什么，我还是把他当朋友的，我这就去找他。（合，总结）

了解了这个律诗的章法，再读《锦瑟》就不再困难了：

锦瑟无端五十弦，一弦一柱思华年。（开头：锦瑟有五十弦，每根弦都让我想起逝去的华年。）

庄生晓梦迷蝴蝶，望帝春心托杜鹃。（承接上文：逝去的华年如梦似幻，而且春心泣血，有几多感情的悲欢——这两句只要知道是"承接上文"的，意思便很好理解。）

沧海月明珠有泪，蓝田日暖玉生烟。（转折，以意象来写情绪：我很难过，我很迷茫。）

此情可待成追忆，只是当时已惘然。（总结：等以后回忆这些感情，"只是当时已惘然"——这话可以有两解，这里就不细论了。）

到这里，诗的意思是非常清晰的，我们所不解的只是：这首诗的背后有什么具体的故事，像"沧海月明珠有泪"这样的意象有什么具体的所指？这些事情只能有待历史考证，但是，就诗言诗，就文本言文本，这首诗的意思已经很清楚了。

这便是解诗的方法之一，因为诗歌有许多非常固定的章法和意象符号，古人运用起来圆融无碍，今人看上去却隔膜了许多。

　　容若的词虽然想来以明白如话著称，不像李商隐这样隐讳，但其实容若学养丰富、胸中锦绣太多，有些词只是看似明白如话，实则用典精深、含义幽微、婉转曲折，手法比之李商隐只在以上，不在以下，属于文人诗词，而不是诗人诗词。这些，都需要慢慢解读。

　　对于纳兰词，前人释读很多，大体已足以解惑，但仍有一些误释、漏释与不合理处，遇到这种地方，本书也会略谈浅见，以就教于方家。

　　剥皮拆骨，把一首词的意思解释清楚，把其中的背景、字句、用典、化用、章法、修辞等等解释清楚，这也许就足够了，至于审美感受的方面，一千个读者有一千个哈姆雷特，解说者也许没必要代人嚼馍吧？

苏缨

2007年8月于苏州小红楼

纳
兰
词
典
评

一

［减字木兰花］

相逢不语，一朵芙蓉着秋雨。小晕红潮，斜溜鬟心只凤翘。

待将低唤，直为凝情恐人见。欲诉幽怀，转过回阑叩玉钗。

《减字木兰花》，一个温柔婉转的词牌，每句一短一长，回环往复，流连不歇。词家多以这个词牌来写一些生活中的细碎柔情、温柔好梦。容若却特别，以长于抒情的词牌来做写人的白描，笔端轻柔勾勒，竟是一幅活生生的仕女图，娇羞婉顺，冰雪轻盈。

但这不是随便的一幅图画，不是凭空而来的臆想，也不是诗人们常作的那样以美人香草寄托君子之情。这是一幅实实在在的写真，画中的女子当时就真实地站在容若面前，咫尺天涯，风容尽现。

是的，咫尺天涯。

那是一张美丽的脸，也是一张熟悉的脸，熟悉得足足跨越了两个年轻人的半生，熟悉得惊醒过容若多少次辗转反侧的梦寐。但是，仅仅是咫尺间隔，却只有"相逢不语"，而这一相逢，更无情地成为他们的最后一见。不知道此时此刻的容若若是预知这个结局，会不会不顾一切地冲开人群，冲开禁忌，冲开漫无边际的风险与藩篱，冲上前去，仅仅和她说上一句话呢？

可是，以容若的显赫家世，世间又能有几多禁忌、几处天涯？

没有，算来算去也只有一处，那就是当时世界上几乎唯一高过他们的东西——皇权。

皇权，就是他们的天涯。

为了这次见面，容若已经冒了天大的风险，他偷偷地换过了装束，裹挟在人群之中，近近地望了她一眼，但在这最后关头，却终于只是"相逢不语"，让刻骨的爱恋在皇权下无可奈何地枯萎下去。那一刻，那偷偷的一望，便如一朵秋叶从树梢落下，在坠入泥土之前的那片刻悬空的小小的凄婉的挣扎。

相逢不语，彼此都看见了对方，那女子在容若的眼中宛如秋雨飘摇中的一株芙蓉，艳丽、哀戚、泪泫，那脸庞泛起的无法遮掩的红晕正是对痴情容若最最直白的倾诉——倾诉了一颗心、多少事、怎般情。那云发间的凤钗也只顾着回应阴晴不定的光线，明明暗暗，迷离如当年的往事。

当年，明珠府的花园，文静的小容若永远都有一个最好最好的玩伴，两个孩子一起，花花草草秋千架，蜻蜓蝴蝶小风筝，对于容若和他的表妹来说，这是一段无比快乐的童年。

快乐，只因为在一起。

容若从小就是一个落落寡合的孩子，同龄的玩伴中只有表妹一人适合他那文静孤单的性格和吟诗填词的癖好。他们是童年的玩伴，也是少年的诗友。郎骑竹马来，绕床弄青梅，既有两小无猜的天真，也有朦胧难言的情愫。他们不知道为什么会这样喜欢待在一起，只知道他们要是不在一起，日子总会变得漫长难挨。

韶光流转，当表妹已经弹得一手好琴的时候，容若也已经能够写出第一流的辞章，而那些美丽绝伦的词句本来就是要合着琴声而入乐歌唱的。

上天从不会为一个天才制造幸福，如果有时候真的赐给了幸福，其目的也往往是为了毁坏。

容若没有成为例外，当他深深地陷入这种莫名的幸福而无法自拔的时候，表妹却按照旗人的规矩被选为了秀女。一入深宫，旋成陌路。都道侯门深似海，皇宫的大门又岂是侯门能比！

这位显赫的公子也许第一次感到了刻骨的无助，他无法留下表妹，无法夺回她，更无法向夺走她的那个男人复仇。他知道自己最心爱的人就在那红墙碧瓦之内，却一步也迈不进那个禁忌森严的院落。

这样的一道深深阴影也许正是容若此后怠惰于仕宦生涯的真正原委——当他随着满朝文武三跪九叩的时候，当他追随皇帝出入宫廷院落的时候，他怎能忘记，就在这宫闱深处、最深处，正无声地藏着他那个童年的玩伴、少年的诗友、毕生的爱侣！

要见一见表妹，一定要见一见表妹！

机会终于来了。适逢国丧，皇宫要大办道场。容若灵机一动，买通了进宫诵经的喇嘛，裹挟在袈裟大袖的僧人行列中偷偷地混进了皇宫。

混入皇宫，偷见内眷，容若怎会不知这是何等的罪名。但他还是去了，不是在一时的冲动之下，而是在周详的计划之后，这一节，尤为感人。

皇天辜负过这对有情人，这一次也终于给了他们一个机会。容若见到了表妹，她也在人群之中，偷偷地发现了容若。这是容若的初恋，惨痛而刻骨铭心的初恋，曾经不知不觉地开始，终于天人悬隔地结束。

想要开口低唤，又怕被人听见。想要一诉离愁，却只能拔下玉钗在回廊轻叩。回廊九曲，心思九曲；玉钗恩重，你我心知。就这样，千言万语，只化作颊上红潮、钗头脆响、眉眼无声。这便是他们最后的相见，最后的别离。

容若的这首小令，写得似明似暗、欲说还休，总有些隐衷心曲难与人言。反复读来，既像是容若自己的心间私语，又像是模拟表妹的口吻来摹写她对自己的相思。字里行间似有本事，而才要落实便转眼无迹。只有那段刻骨铭心的苦楚定是真实地发生在当时，直到三百五十年后的今天也没有一丝一毫的消退。

二

[**画堂春**]

一生一代一双人，争教两处销魂。相思相望不相亲，天为谁春。

浆向蓝桥易乞，药成碧海难奔。若容相访饮牛津，相对忘贫。

焰火为什么美丽，因为那是多样的粉末交汇在一起，燃烧、困顿，而终于爆发于一刹那；辞章为什么绚烂，因为那是词人的万千心事纠结于眉、郁结于心，而终于脱口而出于一瞬间。

我手写我心，便是此番道理。

由暗火而郁结，由郁结而困顿、由困顿而渴望解脱，由渴望解脱而终于爆发，这样的流露往往最是真切感人。这样的词，正是眼前的这一首《画堂春》。

　　劈头便是"一生一代一双人，争教两处销魂"，明白如话，更无丝毫的装点；素面朝天，为有天姿的底蕴。这样的句子，并不曾经过眉间心上的构思、语为惊人的推敲、诗囊行吟的揣摩，不过是脱口而出，再无其他道理。

　　明明天造地设一双人，偏要分离两处，各自销魂神伤、相思相望。他们在常人的一日里度过百年，他们在常人的十分钟里年华老去。纵使冀北莺飞、江南草长、蓬山陆沉、瀚海扬波，都只是平白变故着的世界，而不是真实发生过的人生。万千锦绣，无非身外物外，关乎万千世人，唯独非关你我。

　　容若何堪，借他人杯酒浇自己胸中块垒。上片实为化用骆宾王《代女道士王灵妃赠道士李荣》诗中成句："相怜相念倍相亲，一生一代一双人。"诗词之化用，有稍加点染者，有原文照录者，此为文人成法，非自容若始。诗词史上，大有名句原版籍籍无名，而一经他人化用，反为世人千古传诵的佳话——林和靖"疏影横斜水清浅，暗香浮动月黄昏"便是承袭有自；近年发掘曹雪芹的诗作，"白傅诗灵应喜甚，定教蛮素鬼排场"亦有所本。而眼前这首《画堂春》，骆宾王的原句不知还有几人记得，容若的辞章却遍传于有井水处。

下片转折，接连用典。小令一般以频繁用典为大忌，此为通例，而才子手笔所向，再多的禁忌也要退避三舍。这，就是容若。

"浆向蓝桥易乞"，这是裴航的一段故事：裴航在回京途中与樊夫人同舟，赠诗以致情意，樊夫人却答以一首离奇的小诗："一饮琼浆百感生，玄霜捣尽见云英。蓝桥便是神仙窟，何必崎岖上玉清。"

裴航见了此诗，不知何意，后来行到蓝桥驿，因口渴求水，偶遇一位名叫云英的女子，一见倾心。此时此刻，裴航念及樊夫人的小诗，恍惚之间若有所悟，便以重金向云英的母亲求聘云英。云英的母亲给裴航出了一个难题："想娶我的女儿也可以，但你得给我找来一件叫作玉杵臼的宝贝。我这里有一些神仙灵药，非要玉杵臼才能捣得。"

裴航得言而去，终于找来了玉杵臼，又以玉杵臼捣药百日，这才得到云英母亲的应允。这不仅仅是一个爱情故事，在裴航娶得云英之后还有一个情节：裴航与云英双双仙去，非复人间平凡夫妻。

"浆向蓝桥易乞"，句为倒装，实为"向蓝桥乞浆易"，容若这里分明是说：像裴航那样的际遇于我而言并非什么难事。言下之意，似在暗示自己曾经的一些因缘往事。到底是些什么往事？只有词人冷暖自知。

那么，蓝桥乞浆既属易事，难事又是什么？

是为"药成碧海难奔"。这是嫦娥奔月的典故，颇为易解，而容若借用此典，以纵有不死之灵药也难上青天，暗喻纵有海枯石烂之深情也难与情人相见。这一叹息，又让人油然想起那"相逢不语"的深宫似海、咫尺天涯。

　　"若容相访饮牛津"仍是用典。在古老的传说中，大海尽处即是天河，海边曾经有人年年八月都会乘槎往返于天河与人间，从不失期。天河世界难免令人好奇，古老的传说也许会是真的？于是，那一日，槎上搭起了飞阁，阁中储满了粮食，一位海上冒险家踏上了寻奇之路，随大海漂流，远远向东而去。

　　也不知漂了多少天，这一日，豁然见到城郭和屋舍，举目遥望，见女人们都在织布机前忙碌，却有一名男子在水滨饮牛，煞是显眼。问那男子这里是什么地方，男子回答："你回到蜀郡一问严君平便知道了。"

　　严君平是当时著名的神算，上通天文，下晓地理，可是，难道他的名气竟然远播海外了吗？这位冒险家带着许多的疑惑，掉转航向，返回来时路。一路无话，后来，他当真到了蜀郡，也当真找到了严君平，严君平道："某年某月，有客星犯牵牛宿。"掐指一算，这个"某年某月"正是这位海上冒险家到达天河的日子。那么，那位在水滨饮牛的男子不就是在天河之滨的牛郎吗？那城郭、屋舍，不就是牛郎、织女这一对金风玉露一相逢的恋人一年一期一会的地方吗？

　　"若容相访饮牛津，相对忘贫"，容若用典至此，明知心中恋人可遇而不可求、可望而不可及，只得幻想终有一日宁可抛弃繁华家世，放弃世间名利，纵令贫寒到骨，也要在天河之滨相依相偎，相亲相爱，相濡以沫。

　　这样的誓言，若放在《花间集》里，或许只是文人的戏仿；若放在《纳兰词》中，却由不得人不信。

三

［浣溪沙］

谁念西风独自凉。萧萧黄叶闭疏窗。沉思往事立残阳。
被酒莫惊春睡重，赌书消得泼茶香。当时只道是寻常。

西风乍起，人间天上，

除却我心而外，芸芸谁会秋凉？

不忍见萧萧黄叶，匆忙忙闭锁疏窗。

闭锁疏窗。几多旧事，几度思量。

当年，春光窄窄，春睡足足，春意芳芳。

与你诗词对垒，酒浓茶醉，胜如为你梳妆。

而今只影空怀远，不解香魂何处，

却晓得当时笑语、当时乐事，非是寻常。

容若辞章，题为《饮水集》，其意取自"如鱼饮水，冷暖自知"。

正是，词以抒怀，以摹写心头那一点欲说还休的情愫，寓于辞章字里、箫管声中，纵然传唱于世间、获誉于海内，而词中低回不去的款款心曲其实也只有词人"冷暖自知"而已。

这样的词是不可解的，因为一旦词句离开了那位深情的作者，便如同花儿陨落枝头，如同叶子飘零尘土。一花一叶，其美丽之处正在于绚烂的生机，而谁能从一朵离开了枝头的夏花那里捕捉到那棵花树的全部秘密呢——这也许正是花儿那短暂一生的全部意义。

那么，我们所传唱的、所着迷的，究竟又是什么？

那正是我们自己的心事，自己的心曲，是缠绕于自己心头那郁郁而不得排遣的情愫。别人的华美辞章不过是神仙的一根手指，使得词人自己的"冷暖自知"道出我们心头同样的事件、同样的思念、同样的爱恨、同样的沉迷……在这个芸芸众生的纷繁世界上，没有谁是超然孤立的，每个人都是大陆的一块岩石、一粒尘埃，而被风雨侵蚀掉的那些岩石与尘埃既是一个个独立的身影，也是我们所有人的一部分。于是，这一首"冷暖自知"的小词，其感动人心之处既来自容若那独一无二的才华与身世，也来自我们每个人和容若、每个人和每个人的心心相通。容若所沉吟怅惘的，是他自己的故事；而我们所传唱的，既是对这位情深不寿的浊世佳公子的无限追怀，也是对我们自己、对每一个血肉之躯所必然经历的人生体验的深刻感动。

容若此词，上片是此时此地的沉思，下片是对往昔往事的回忆；上片是容若此时此地的孤独，下片是容若和妻子在曾经的短短三年之中那些短暂而无边的欢乐。

"谁念西风独自凉"。西风送凉意，对每个人都是一样，吹进皇宫大内，也吹进民间草舍。而在容若词中，这凉意却似乎仅仅是为他自己而来，也仅仅是他自己才体会得出——不合常理的叙述构成了突兀料峭的修辞，那是一番难以言传的清决与萧壮，似乎世人尽知，其实只有容若独会。

西风冷冷，黄叶萧萧，疏窗闭合，几多萧瑟。由景及人，由物及我，容若，一个才华横溢的词人，一个天真忧郁的孩子，韶华未逝，便已经往事萦怀。有多少"成熟"的大人直到临终还来不及回忆，而一个敏感的孩子却总是早早地就有了心事。

容若是一个孩子，天真烂漫，敏感多情，辞章即心事的流露、天性的抒发，故而毫无做作之态。正是因此，容若才被眼高于顶的王国维誉为五代之后的词坛第一人。是论绝非过誉。容若有显赫的家世，且才华横溢，在他以睥睨天下的俊彦之姿指点词坛的时候，又有几人能够洞悉他那颗孩童一般纯真的心？也许，只有他的妻子，伴了他三年便匆匆离去的妻子，在这秋风乍起的刹那勾起容若无限怀想的妻子。

　　这世上还有什么比美更美？

　　有，那就是把美当着你的面摔得粉碎。

　　三年短暂的快乐也许只是为了让容若日后的回忆更为沉痛悲苦，人生的悲剧也许只是上天残忍地安排在天才生活中的艺术素材。我们读着这首小令，由上片的苍凉突然转入下片的欢乐，由上片的孤独突然转入下片的合欢，但我们一点也感受不到欢乐，只觉得欢乐之情写得越深，背后的孤独之情也就越重。容若那甜美的夫妻生活，醉酒而春睡不起，赌书而对笑喷茶，以李清照与赵明诚这千古第一的夫妻佳话来比拟自己的二人世界，水乳之得，情意之切，以乐事写愁心，以合欢写孤独，令人但觉天地之大，纵然可以包容万物，却容不下一个人内心的愁苦。

　　使天地逼仄到极致的还是末句"当时只道是寻常"，这样平淡如家常的句子轻易道出了人生真谛，而这样的忧思慨叹又岂是容若所独有？

　　有人说："世间本没有恶，我们所谓的恶，其实只是善的失去；世间本没有丑，我们所谓的丑，其实只是美的失去。"

有人问道："造物主为什么会允许善和美的失去？"

有人回答说："是为了让人们更好地认识善、珍惜善；认识美、珍惜美。"

每一份平平凡凡的快乐都是弥足珍贵、来之不易的，你若当它只是寻常，失去时便只有悔不当初。亲人、爱侣、晚风、秋月，这一切一切的寻常，又有几人能够承受失去之痛呢？

四

［梦江南］

昏鸦尽，小立恨因谁。急雪乍翻香阁絮，轻风吹到胆瓶梅。心字已成灰。

寒鸦的音色最是伤人。

是谁家女子冷清清地立于香雪的闺阁，蹙眉含颦，无限恨，几多情！

容若的这首小令是描摹一位因爱情而伤心的女子，这位女子是谁，或者，是不是真有其人，我们都无从知晓。甚至，这首小令也像很多很多的同类作品一样，字面上写尽一位不知名的女子的相思，实际上却表达着作者自己对在水一方的某位女子的深深思念。设身处地地模拟你对我的思念，那也同样就是我对你的思念。说你，就是说我；说你，就是在说我们。词家传统，由来有自。

但是，到底是庄生梦蝶，还是蝶梦庄生？如鱼饮水，冷暖自知。也许，真的有那一只蝴蝶，一只翩翩飞舞在江南湖光山色里的美丽的蝴蝶？

黄昏正在窃走一天里最后的一抹阳光，阳光也因为流连不去而分外绚烂迷离，最后的一群乌鸦也向着黑暗中飞去了，那清厉刺耳的鸣叫昭示着寒冷、寂寞、刺骨、惊心，还有无边的黑暗。冬天的闺房，没有春意。

感物，总是难免伤怀。宋人小令里"窗外忽惊春草绿，镜中忙画黛山青"，这才是女儿家本应有的天真烂漫的情愫，而秋去冬来、夕阳西下、寒鸦空掠，这般意象，又怎么属于一位芳华初放的江南女子？

也许真的是一位江南女子，仅有的线索便是这《梦江南》的词牌，孱弱似无凭。

那一年，无数的伤心往事似乎都已褪了颜色，或者，终于被封锁在了记忆的最深处。秋风时节，容若的莫逆之交顾贞观重返京华，随行的有一位江南女子，名叫沈宛。

这是容若和沈宛的第一次相识，却远非他们的第一次相知。在以往的三年里，在顾贞观和容若从未间断的通信中，容若早已经知晓了沈宛这位吴兴才女的芳名，而沈宛也早已由风传天下的纳兰词深深懂得了这位浊世佳公子的心。这一次，当真由天涯久慕到对面相逢，两个人一下子便听懂了上天的隐语：他们，是属于彼此的。

容若为沈宛安排了临时的住处，一段缠绵悱恻的故事就这样不期然地发生了。

和以往的经历一样，短暂的幸福出现只是为了以后的失去做好铺垫。很快，容若作为康熙皇帝的一等侍卫护驾巡视江南——这是何等的荒诞，沈宛从江南千里迢迢地到了北京，容若却要从北京赶赴千里之外的江南。

这是皇命，难违。

他们所能做的，只有约誓。他们约定，等容若回返京师，两人便即刻完婚。

容若出发了，这是一次漫长的旅程，也和以往的公务一样是一次辛苦的旅程。金丝雀也许天性便喜爱金笼中的生活，但海鸥的天性却是热爱自由。容若，这样一个热爱自由的孩子，这样一位只属于林中风、篱边菊的旷世才子，又是怎样受得那份一等侍卫的差使呢？

这一伤别的远行，便遥遥行到了江南。那里，是多少知心旧交的家乡，也是爱人生长的地方。侍卫生涯，江南水色；皇朝大任，辞赋清谈。多少事，倚栏杆！

这是一次不得已的远行，也终于成为一次快乐的远行。容若虽是地道的北国才子，却真心地眷念南国，阳羡赌茶，西泠醉酒，秦淮听橹，梁溪赏画。这样的生活天然就是属于容若的，而容若也天然就属于这样的生活。

就是在这沈宛的生长之地，容若体味着爱情的相思：我爱你，也许爱的不是你之为你，而是爱的和你在一起时的那个我。是的，和你在一起的时候，和你家乡的水土在一起的时候，那个我，才是飞出牢笼、脱出羁绊的真正的我！

于是，就是在这次不得已的别离、不得已的征途上，容若写下了著名的组诗《梦江南》：

其一

江南好，建业旧长安。紫盖忽临双鹢渡，翠华争拥六龙看。雄丽却高寒。

这首小令，少温婉而多奇崛，这位一等侍卫随龙伴驾，写尽康熙皇帝巡视南京的盛况，给六朝金粉的靡靡带来了一番雄丽高寒之气。"紫盖""六龙"象征帝王车驾，这是帝王的尘世之气魄，也是容若的艺术之气魄。

其二

江南好，城阙尚嵯峨。故物陵前惟石马，遗踪陌上有铜驼。玉树夜深歌。

　　这一首，仍是抒写金陵所见，苍凉兴废之情溢于言表。词中之陵，是明太祖朱元璋的陵墓孝陵，在明清易代之际，孝陵毁于兵火，陵中苑囿里放养的梅花鹿遭到世人肆意的捕杀，断壁残垣，一派萧瑟，只有陵前石马空空伫立，无言无泪黯然神伤。

　　词中所谓铜驼，本是洛阳之物。当初，汉皇铸造铜驼一对，精工细作，堪为极品，因此铜驼伫立之处便被称为铜驼街，慢慢成为洛阳城最为繁华的街道。"金马门外集众贤，铜驼陌上集少年"，是为太平盛世的绚丽典范。但时移事易，风云变幻，西晋的索靖在一个飘摇风雨之夕隐隐然预感到天下将乱、繁华将逝，手抚铜驼长叹气："将来再见到你的时候，你该已经被嚣张的荆棘深深埋没了吧？"

　　铜驼以喻兴亡，当初汉家繁华地，遗踪只有旧铜驼。容若虽是满清新贵，但汉化日深，浸淫日久，对此纵无家山黍离之悲，亦当有几分弹指兴亡之叹。

　　玉树依然用典，是为南朝陈后主亲手谱制之《玉树后庭花》，淫靡哀婉，世称亡国第一音。不多时，门外楼头，悲恨相续，王国陨落，红颜委顿。那六朝金粉之往事，历历如在眼前，历历又重现在不久之前。这，便是兴亡。

其三

江南好，怀故意谁传？燕子矶头红蓼月，乌衣巷口绿杨烟。风景忆当年。

燕子矶，是南京首屈一指的胜地，位于南京郊外，长江水滨，三面孤绝临江，双翼如燕，可登临、可观兵。乌衣巷，在南京城内，为旧时王谢之大宅故居。都是过去了，只如今，燕子矶头，红蓼花轻盈地开放在月光底下，乌衣巷口，垂杨柳清冷地编织出一层层迷离的清烟。古人不见今时月，今月曾经照古人。此时此地，亦真亦幻，亦今亦古，书里事成当下事，眼中人似梦中人。当年风景，皆在眼前。

其四

江南好，虎阜晚秋天。山水总归诗格秀，笙箫恰称语音圆。谁在木兰船。

虎阜即虎丘，苏州名胜，传说当年"春秋五霸"之一的吴王阖闾葬在此地，葬后三日有猛虎盘踞其上，故名虎丘。容若随銮驾到访苏州，在这虎丘名胜地，领略那一向只在传闻里令人动心的江南锦绣，领略那近日只在沈宛身上呼吸触摸到的江南烟水。虎丘之上，晚秋天气，山水如诗，吴侬语软。笙箫起处，是谁在木兰舟上渐行渐远？是姑苏女儿的娇媚，是远在北地的爱人的娇媚。

其五

江南好，真个到梁溪。一幅云林高士画，数行泉石故人题。还似梦游非。

"竟然真的到了梁溪！"为什么容若会生出这样的感慨呢？

梁溪是无锡以西的一道河水，原本河道狭窄，梁朝时得到疏浚，故称梁溪。梁溪既在无锡以西，有时也被用作无锡的代称。而无锡，正是容若的至交好友顾贞观的家乡——顾贞观当初就是从这里出发，带着明媚多才的沈宛，北上千里，与容若相会。此刻，容若到了无锡，故人故乡即我乡，这是一种什么样的深情呢？

词中云林，是元代无锡的书画大家倪瓒，字云林，世以书画自况，隐居避世，素有高士之誉；词中故人，当指容若所交往的江浙一带的汉人文士，顾贞观自是其一，而另一位好友严绳孙尤工书画，无锡人每以倪瓒目之。无锡山水，恍如倪瓒的画作，高傲隐逸，妙处自非俗人能体会；行走之间所见一泉一石，题铭处每每都是故交好友的名字，容若身在他乡，却以这样一种形式屡遇故知，此番感受，当真要问一声"还似梦游非"？

其六

江南好，水是二泉清。味永出山那得浊，名高有锡更谁争。何必让中泠。

二泉，是无锡惠山泉，茶圣陆羽评之为"天下第二泉"，故此也称"二泉"。

二泉，是个熟悉的名字吗？盲人阿炳就是无锡人，他的《二泉映月》说的就是这个无锡惠山泉，阿炳当年就是在惠山泉的泉边一天天地拉着他的那把举世无双的二胡。

那么，天下第一泉又是哪里呢？

天下第一泉，即词中末尾"何必让中泠"的"中泠"。中泠泉也在江南，就在镇江金山之下，只是后来，泉水由江中到陆地，给世人留下了永久的遗憾。

容若对中泠泉是不服气的，所以才说"名高有锡更谁争。何必让中泠"。是说二泉之美，已是天下无双，为何要逊中泠一筹？

这里的有锡即无锡。这是一个有趣的也有历史的地名。无锡近处有一座山峰，在周秦时代盛产铅锡，故此得名锡山；及至汉代，锡山之锡渐被采尽，所以山边之县便得名为无锡；待到新莽时代，锡山锡矿复出，传为奇迹，故此县名改为有锡；时间到了东汉，光武年间锡矿再次枯竭，顺帝时便改有锡县为无锡县。无锡地名的来历，便是这么复杂而有趣。

容若写泉，也是写人。"味永出山那得浊"一句，暗用杜诗"在山泉水清，出山泉水浊"，反用其意，以为惠山泉水质清绝，无论在山还是出山，都不会有一丝一毫的改变。这里边，实则是容若的自况，我们可以读出两层意思：一是容若自谓虽然身浮宦海，但赤子之情操永远不会受到一丁点的污染；二是此时此地对沈宛的思念，无论在家还是离家，无论江南还是塞北，真情缱绻，金石可鉴——这就是诗词语言的歧义之美，围绕着字面里一个主要的意象，可以做出多个层面的解读，而这些解读往往互不矛盾、深浅各异、所指有差。所谓"诗无达诂"，便是一个例子。

那么，我们到底应该接受哪一种解释呢？其实，哪一种都可以，因为这是诗词，不是论文。

其七

江南好，佳丽数维扬。自是琼花偏得月，那应金粉不兼香。谁与话清凉。

维扬，这也是一个来历有趣的地名。《尚书·禹贡》划分天下九州，其中有"淮海惟扬州"，"惟"是动词，是说淮河与黄河一带是九州中的扬州。后来儒家的另一部经典《毛诗》把"惟"字写作了"维"，后人便也将错就错，摘取"维扬"二字作为扬州的别称。当然，这个扬州和九州中的扬州并不一样。

这里的佳丽不是指美女，而是美景。容若是说，江南风景处处美，美中之美数扬州。而扬州名闻天下的风景，一是琼花，二是月色。

琼花，扬州后土祠琼花天下只此一株，所谓"维扬一枝花，四海无同类";月色,扬州月色之美得益于徐凝诗中名句的流传:"天下三分明月夜,二分无赖是扬州。"月色天下共三分,扬州得其二,后人诗词增益,愈见其美,愈见其名。"二十四桥明月夜,玉人何处教吹箫"更被传为千古绝唱。

词中金粉,义有两说,一说是琼花花粉,二说是指黄菊。所谓兼香,是说香气之馥郁倍于群芳。而最后结语,在扬州这般琼花得月、金粉兼香的佳丽之地,又有谁和我一同欣赏、一同分享、一同快乐呢?

如果快乐仅仅属于自己,那只是不完满的快乐;只有可以和心爱的人分享的快乐才是真正的快乐。

其八

江南好,铁瓮古南徐。立马江山千里目,射蛟风雨百灵趋。北顾更踟蹰。

铁瓮,即铁瓮城,是镇江北固山(又名北顾山)前的一座古城,三国时孙权所建。南徐,镇江旧称。

北固山,这是辛稼轩词中经常出现的一个地名,多少国仇家恨,多少英雄血泪,都在这北固山前后、铁瓮城周遭。一个看似平凡的地名,在普通人看来无非是街谈巷议、柴米油盐,而在容若看来,却是历史的沉积岩、兴亡的诸世纪。

射蛟的典故用得巧妙，既是用典，又是写实。这原本是汉武帝南巡时候在江心射蛟的往事，如今物是人非，两汉魏晋、唐宋元明，朝代换了多少，皇帝做过几人，康熙南巡，仍是江南旧地，仍是射蛟盛况，遥想汉武当年，难免踌躇万千。

其九

江南好，一片妙高云。砚北峰峦米外史，屏间楼阁李将军。金碧蠹斜曛。

妙高云，是妙高山上之云。妙高山是镇江金山最高峰，峰上的妙高台为宋代僧人所建。此地孤峰登览，景致奇绝，最有名的就是终年缭绕的祥云，经久不去，盘旋不歇，似乎仙家宫阙隐然可见，天上白玉京，五城十二楼，缥缥缈缈，非复人间。容若在这妙高台上极目远眺，但见峰峦叠嶂，楼阁阴晴，夕阳西下，斜晖漫天。江南胜景，蔚为壮观。

"砚北峰峦"之"砚北"，是说砚山园之北，米外史是说宋代大书画家米芾。这又是一个富有文化情趣的掌故。早先，南唐后主李煜得到了一方名砚，砚台四周雕刻有三十六座峰峦，都有手指般大，故称砚山。南唐灭于北宋，覆巢之下无完卵，国宝飘零，最后落到了米芾手上。米芾是宋代书画巨匠，这也算物得其主了。但米芾对房地产的兴趣似乎更大，拿这方砚台在镇江甘露寺下临江之处换得了一块地皮，建宅于其上。及至南宋绍兴年间，米芾的这方砚台换来的宅子归了岳飞的孙子岳珂，岳珂在这片地上建筑了一座园林，想到此地几番易主之传奇经历，便以李后主那方名砚为园林命名，是为砚山园。

李将军，是说唐代宗室李思训、李昭道父子。李思训官拜右武卫大将军，是唐代绘画大家，喜用金碧重色，画称金碧山水，气象富贵无极。李昭道人称小李将军，还继承了父亲的画风，宋琬词中有"金碧楼台青黛树，小李将军"。

容若这里用米外史和李将军二典，当真是以风景如画来描绘镇江：峰峦如同米芾笔下的超然山水，山水之间若隐若现的亭台楼阁恍如出自二位李将军的金碧重色。这般美丽依然不够，最后夕阳以斜曛点染，仙境无极。

其十

江南好，何处异京华。香散翠帘多在水，绿残红叶胜干花。无事避风沙。

这是一种"忘记他乡是故乡"式的喜悦，是一番"游人只合江南老"式的流连。这里，重帷帘幕荡漾水中的倒影，清清婉婉，了无北国的风沙。斯人独立，一抒才子之心；爱侣心头，怎揾英雄之泪。全篇清新婉转，悠扬喜悦。因为这是江南，因为这是多少知交好友的家乡，更因为这是沈宛的生长之地。

　　限于篇幅，小令总是无法铺陈，但若干小令合为一组，成为一首完整的组诗，这便超越了小令的体裁限制。这一写法，从宋代无名氏的《九张机》直到欧阳修的《采桑子》系列，创为词家的一种独到的修辞。容若以《梦江南》的词牌来抒写这唯一的一次江南行旅，在爱侣的故乡做着组诗一般的梦。

　　这次江南之行，容若不仅留下了这一组《梦江南》，还去拜访了一位重要的朋友，种下了一颗以后将会枝繁叶茂、光耀万世的文学种子。

　　这个朋友，就是曹寅。

　　曹寅小容若三岁，早年曾经做过康熙的侍读，后来又做过御前侍卫，青年俊彦，文采斐然，和容若在北京早有惺惺相惜的交往。而此刻的曹寅已经离开了北京，在南京任江宁织造，豪俊一方。

　　曹家在南京是一个显赫的家族，而他们的显赫却源自他们的卑微。曹家世代为包衣之族，所谓包衣，是满语"包衣阿哈"的简称，意思是家奴。曹家从多尔衮时代起就做了皇室的家奴，后来渐渐受到宠信，曹寅的母亲便做过康熙皇帝幼年时的乳母，而曹寅的父亲曹玺则被派往南京做了江宁织造，从此，曹家便成为了南京大族。

　　康熙二年（1663年），曹玺来南京任江宁织造后不久，即移来燕子矶边的一株黄楝树，栽种在江宁织造署的庭院之中，久而久之，树渐长大，荫蔽喜人，曹玺便在树荫之下建了一个休憩的小亭，以树名亭，名之为楝亭。日后，曹玺便常常在楝亭之中督促自己的两个儿子曹寅和曹宣学习。

一个楝亭，就这样伴随了两个孩子的童年。等曹寅长大以后，还把"楝亭"作为自己的号，著作也名之以《楝亭集》。此时，容若拜访曹寅，两人抵掌谈笑话说当年，就是在这个楝亭之内。

这次会面之后，曹寅携当世名家手笔的《楝亭图》前往北京，请容若及顾贞观等文学名士为之题咏，是为《楝亭图卷》，计图十幅，题咏者四十五家，堪称稀世之珍，现藏于北京图书馆，有幸者仍然能得一览。容若所题咏的，就是这首《满江红·为曹子清题其先人所构楝亭，亭在金陵署中》：

籍甚平阳，羡奕叶、流传芳誉。君不见、山龙补衮，昔时兰署。饮罢石头城下水，移来燕子矶边树。倩一茎、黄楝作三槐，趋庭处。

延夕月，承晨露。看手泽，深余慕。更凤毛才思，登高能赋。入梦凭将图绘写，留题合遣纱笼护。正绿阴，子青盼乌衣，来非暮。

这大约要算容若长调的绝笔了。从图画追想江南，天涯曾经咫尺，咫尺却已天涯。

多年之后的一个秋天，曹寅的楝亭又有客人来访了：一个是庐江郡守张纯修（容若许多传世的手札都是写给张纯修的），一个是江宁知府施世纶（他就是《施公案》里的主人公施不全）。三人在棟亭秉烛夜话，张纯修即兴作了《棟亭夜话图》，然后三人分别题咏。这真好像是往事再现啊，而这个时候，距离容若去世已经整整十年了。

往事再现，往日难再。题咏的主题便自然而然地落到了三人共同的好友纳兰容若身上。

曹寅《题棟亭夜话图》，其中叹息"家家争唱饮水词，纳兰心事几曾知？"——容若词名早已经遍及天下，《饮水词》几乎无人不知、无人不诵，但是，容若那"如鱼饮水，冷暖自知"的心事究竟又有几人懂得？容若，这位相国府中衔着金汤匙出生的贵公子，词中那斑斑驳驳刻骨铭心的愁苦却连自己的父亲也无法理解。

容若享尽了别人眼中的快乐，而他的内心深处，却很少有过几回真正的快乐。

又多少年过去，乾隆晚年，和珅呈上了一部《红楼梦》，乾隆皇帝看过许久，掩卷而叹："这书里写的，不就是明珠的家事吗？"

曹雪芹就是曹寅的孙子，虽然在他出生的时候容若已经谢世，但家族的传说很可能给了他许许多多往事故人的影子。红楼在哪里？梦又在何方？"今宵便有随风梦，知在红楼第几层""因听紫塞三更雨，却忆红楼半夜灯"，这些都是容若的句子。容若所思念的，到底是一个真实的红楼，还是一处虚拟的红楼？或许，那只是一处精神世界里的红楼。当初，江南逆旅，容若写信给京城的顾贞观，

信末说道:

> 夫苏轼忘归思买田于阳羡，舜钦沦放得筑室于沧浪。人各有情，不能相强，使得为清时之贺监放浪江湖；何必学汉室之东方浮沉金马乎？傥异日者，脱屣宦途，拂衣委巷，渔庄蟹舍，足我生涯。药白茶铛，销兹岁月，皋桥作客，石屋称农。恒抱影于林泉，遂忘情于轩冕，是吾愿也。然而不敢必也。悠悠此心，惟子知之。故为子言之。……

容若是个天生的隐士、天生的词人，这一次江南之旅，被江南的湖光山色所浸染，更加激发了他胸中那赤子的天性。遥想苏轼当年，买田于阳羡，被这里的风光所迷恋而忘记了归家的路；苏舜钦宦海失意，沦落苏杭，却悠然寄情于山水，筑沧浪亭以悠游。沧浪之水清兮，可以濯我缨；沧浪之水浊兮，可以濯我足。只是，容若的仕途之上哪有一丝一毫的艰难险阻呢？他一直受到皇帝的宠爱，他的父亲又是权倾天下的大学士明珠，他的性格更是从未在官场树敌，就连宫中的奴婢们也都喜欢他、热爱他、开他的玩笑。

但是，他还是倦了，累了，渴望退下来了。

就像天空虽然广袤无际，但不会被鱼儿所羡；就像大海虽然深邃绝美，但不会被飞鸟所喜。尤其是容若这等的天才，总是要生活在一片真正属于自己的天地里。如果不能够，那就用诗词的神笔来虚拟出一个美丽新世界吧。

　　但到底又要虚拟到何时？容若说，我要辞官而去，我要在渔庄蟹舍里烹茶煮酒，我要在皋桥石屋里耕读一生。我属于林泉，不属于人间。容若，仅仅在而立之年的容若，便已经像一个饱经宦海沉浮的沧桑老者，清隽的眼睛仿佛看破了一切。

　　是呀，仔细想想，生活其实不需要很多。两间房，一轮月，半壶酒，满床书，一个心爱的、知心的女子，舍此而外，夫复何求？（以容若的家底，这样的日子应该不会被猪肉涨价之类的事情困扰。）

　　幸福不是其他，而是每个人的主观感受。

　　容若在江南就这样坚定地打算着：等回到京城，就退出官场，好好在林泉之下读书填词，好好地享受和沈宛在一起的生活。

　　回家了。终于从江南返回了京城，终于回到了有沈宛的温柔乡，终于可以把自己这段时间以来的反复构想付诸实践了。可是，刚刚踏进家门，等着他的却是一场伤心的变故。

　　吴兆骞死了。

　　当初，容若应顾贞观之请托，历尽磨难，终于救出了蒙冤流放于宁古塔的吴兆骞，后来，又将素昧平生的他留在了明珠府上，做了容若弟弟揆叙的西席。吴兆骞，这位江南才子，历经了二十余年的边塞流放，费尽了顾贞观和容若多少搭救的心血，在归来的两年之后便一病而逝了。

才进家门，容若便遭遇了好友之死，马不停蹄地安排着他的丧事……然后等到生日，然后等到新年。待这一切都尘埃落定，容若才算喘息了一下，他默默地打算着：现在，就在这一刻，该是我为自己的人生做出决定的时候了！

第一件要做的事情就是：迎娶沈宛。

这绝对不是一件容易的事情。容若是父亲的骄傲，更是家中的长子，所以，这世上有许许多多别人做不到的事情他都可以轻松做到，但也有一些就连草民百姓都可以轻易做到的事情他却始终难以逾越。

沈宛，就算她貌再美、德再淑、才再高，也只不过是一个汉人民间女子，这等门第悬殊的婚姻又怎能得到家人的首肯、被社会接受？

但容若这一回心意已决，这，不仅仅是争取自己的爱情，也是从世间手里夺回自我的第一步，所以，只许成功，不许失败。

于是，跟许多俗套的电视剧情节一样，矛盾、争执、哭泣、咒骂接踵而至……唯有最强健的精神才能够支撑得住，唯有最坚毅的决心才可以看到希望。

最为难处是无言。熬到了最后，终于熬出了希望，但容若和沈宛的爱情早已经遍体鳞伤。两个人静静地对坐着，连互相拉一拉手的气力都没有了。容若就这样娶了沈宛，但是，容若有一个续弦妻子官氏，沈宛的身份只能是妾，因此，她不能住在相府之内，容若只能单独为她安排了一个相府之外的小院。对于有些人来说，快乐从来不会凭空而来，快乐是有代价的，一分的快乐就要付出一百分的代价，为了笑颜绽开的一点涟漪就要迎接多少日夜的雷鸣电闪、狂风暴雨。

容若争取到了自己的爱情，作为让步和对家庭的回报，他暂时放下了归隐林泉的打算，继续在朝廷里做着那些他自始至终都心怀抵触的事情。每天下了班，他先要回到相府给父母请安，然后照顾妻儿，最后用仅剩的一丁点空闲奢侈地与沈宛相会。容若和沈宛，不像是相府里的一双公子贵妇，倒像是闾左穷巷里的一对贫贱夫妻。他们就这样双双憔悴，双双在痛苦的幸福中衰老。

沈宛眼睁睁看着丈夫日渐憔悴，看着丈夫艰难地在自己与相府之间纠结。这幸福来得太难，这代价来得太大。毕竟，沈宛渴望的容若，是一个健康快乐的容若。于是，在一个无眠的夜晚，沈宛提出要暂时离京，回江南老家休养一段日子。

沈宛又何尝真想离开？如果可能的话，她愿意变作丈夫的诗笔，变作丈夫的侧帽，只要是可以和丈夫形影不离的东西，她什么都愿意变。

但她还是执意离开，她不想因为自己而加剧丈夫和他父母之间的裂痕——这是一个贤淑的妻子所应该做到的，也是一个深爱丈夫的妻子所应该做到的。

容若又何尝舍得沈宛离开？不，一分一秒也不！但他眼睁睁看着妻子笑颜渐少、眉峰常结、心锁难开，又怎能拒绝妻子的要求？

就这样，沈宛离开了京城，返回了江南。容若该是怎样的心情呢？当沈宛曾经赶来京城的时候，自己却匆匆南下；当自己在沈宛的家乡沉醉吟诗的时候，沈宛正在自己的家乡怔怔相思；当自己回返家乡的时候，沈宛却又不得不再下江南。

沈宛走了，车子渐行渐远，春草渐稀，春光渐瘦，那千里的长亭短亭啊，下一站会停在哪里？下一站可会停在天国？

如果下一站不会到天国，来沾湿我的眼睛做个记认，然后，然后各自梦游余下生命，彼此都要更高兴……

如果下一站真是天国？

沈宛的一路，念着丈夫《梦江南》的组诗度过一山又一山的寂寞，容若的一天天，也念着《梦江南》的组诗挨过一世又一世的哀愁。

京城空空的小院，失去了女主人的空空的小院，徒留容若呆望江南的昏鸦、暴雪、伊人……又是一首《梦江南》，只是，这首《梦江南》不属于那一组江南组诗，而是在那浩大而婀娜的组诗之外，孤零零地合着同样的旋律。同样的旋律，不同的心事，仿佛是一个形销骨立的幻影，伤心人别有怀抱。这，便是我们开头的那一首：

昏鸦尽，小立恨因谁。急雪乍翻香阁絮，轻风吹到胆瓶梅。心字已成灰。

　　秋去冬来、夕阳西下、寒鸦空掠。江南似乎不再是一个琼花与明月的佳丽之地，却变成了一座冻云与飞雪的伤心城堡。这是容若和沈宛的另一个江南，仿佛是一个影子世界，与真实的江南重重叠叠，却永远无法交织在一起、融合在一起。

　　时间过得漫长，他越发记得她玫瑰花盛开的发香，她也越发记得他那洒脱不定如烈火纷飞的率性，只是，何时才有柔软绕心间的笑声，何时才能迎上那归家的温馨眼光？

　　就是在这样的一幅布景里，那个江南女子袅娜地站着，一心把思绪抛却似虚如真，一心把生关死劫与酒同饮。待昏鸦飞尽，人依旧冷冷地站着，不知那美丽的眉间心上正在爱着谁、恨着谁？

　　雪花疾掠的黄昏，闺阁里看雪花如柳絮飘飞。容若以柳絮比喻飞雪，看似轻盈剔透，实则暗藏深意。这是一个若有若无、欲说还休的用典手法：当初的谢家众人在庭院里赏雪，谢安忽然问道："这雪花像个什么呢？"侄子谢朗抢先回答道："就像往天上撒盐。"众人大笑，侄女谢道韫答道："不如比作'柳絮因风起'更佳。"仅仅因为这一句"柳絮因风起"，谢道韫便在古今才女榜上雄踞千年。后来谢道韫嫁给了王凝之，这便是"旧时王谢"两家的一次强强联姻。而今，在这个江南，正是王谢故地；大雪飘飞，也正如当时谢家子女群集庭园的样子。只是，若再问起一句"何所拟也？"还会有谢道韫那样的江南才女给出一个惊艳千年的答案吗？

　　"一定会的，"容若当然这样想，"但是，她现在走到哪里了呢？

可到了她的江南吗？"

暴雪飘飞，黄昏的风吹进了女儿的闺阁，吹到了闺阁里那一枝插在瓶中的梅花，梅花似雪，雪似梅花，都称奇绝，却在伊人的眼中视而不见。

闺阁里的香已经燃烧尽了，那本是珍贵的心字沉香啊。在江南以南的岭南，有一种特殊的沉香木，有氤氲的香气，有入水即沉的性格。当地人把沉香木薄薄地切割成片，在茉莉花盛开的季节里趁含苞待放之时把花儿采下，均匀地铺在沉香木的薄片上，一层一层，装在瓮里密封起来，一天一夜。这时候，待放的花儿已经静静地在瓮中开放了，人们把瓮打开，拿掉那些花儿，换上全新的含苞待放的茉莉花再次密封。如此三番，有时候甚至要经由整个茉莉花开的季节，才能把茉莉花的香气和沉香木本身的香气完美地融合在一起，再把沉香木的薄片镂刻成心形，经过多次的精心打磨，做成一瓣"心香"。这样的香气，恍如历尽艰辛、历尽岁月而沉淀下来的爱情。

但是，香总是会烧完的。只留得冷冷的灰，散落在地上，仍旧是心的形状。只是，成灰的心，稍有一阵风就会被吹散，稍有一场雨就会被打得泥泞。

江南，沈宛的心时时牵挂着容若，牵挂着两人那刻骨缠绵的过去。当初的书信往来，当初的似真似幻，而今不再。心事已无人可说，只对着旧衣衫偷偷泪湿。沈宛的忆旧伤情，也借诗词浅浅抒发，让那小小的薛涛红笺随着自己的丈夫一起传世：

《菩萨蛮·忆旧》

雁书蝶梦皆成杳，月户云窗人声悄。记得画楼东，归骢系月中。

醒来灯未灭。心事和谁说？只有旧罗裳，偷沾泪两行。

京城，明珠府。容若已经躺了整整七天七夜。他终于没有能够做回自己，也终于没有能够拥有他的宛儿。天黑了，花谢了，天才陨落了，他所失去的，终于再也不会有机会重新获得。

江南，那个天才词人的小小骨肉从沈宛的腹中凄凉地降生。他的哭声被昏鸦的声音掩住了，他的眼睛被翻飞的疾雪迷住了，沉香木的灰尘跟随着江南湿冷的空气轻轻地浮起，浮过了胆瓶中的那枝带雪的梅花，柔柔地飘到了他的额上。

那一刻，他听到了妈妈的哭声……

五

［蝶恋花］

辛苦最怜天上月。一昔如环，昔昔都成玦。若似月轮终皎洁。
不辞冰雪为卿热。

无那尘缘容易绝。燕子依然，软踏帘钩说。唱罢秋坟愁未歇。
春丛认取双栖蝶。

这首《蝶恋花》，是纳兰词名篇中的名篇，但要开讲，还请
恕我不得不介绍一些音律的小知识，这对体会这首词的情感力量
是非常要紧的。

如果用普通话来读，只会觉得这首词悠扬婉转，悦耳动听，但是，这是一首沉痛的悼亡词，容若情感的深沉便不能容忍这样的音色。

在古音里，这首词押的是入声韵，这种音调在普通话里已经消失不见了，大略来说，入声字的发音接近普通话的第四声，但尤其短促逼仄、一发即收、苍凉抑郁。岳飞的《满江红·怒发冲冠》就是用的入声韵脚，抒发的是一种沉郁顿挫的家国之痛。容若这首词，声音也是一样，读起来如泣如诉，又仿佛泣不成声、哽咽逼仄。

"辛苦最怜天上月"，这是一个倒装句，调整过来就是说：最怜惜天上那轮月亮的辛苦。为什么要怜惜呢？又为什么月亮是辛苦的呢？因为它"一昔如环，昔昔都成玦"。

这里的昔，就是夕阳的夕。环，是一种圆形的玉器；玦（jué），是一种有缺口的环形的玉器，这里分别比作满月和缺月。这句是说：在一个月的时间里，月亮圆缺变幻，周而复始，只有在其中的一天才是浑圆无缺的，而其余的日子或是缺得多些，或是缺得少些，总归不是圆满的。一月有三十天，只有一天见团圆。这等恨事，让人如何消受？！如果月亮能够长圆不缺，那该多好！

容若在说月，实则在说人，说的是如果"我们"能够长久地在一起，日日夜夜都不分离，那该多好！如果上天真能安排月亮夜夜圆满无缺，如果上天能赐给我们永不分离的幸福，那么，我甘愿用最火热的心来爱你，甘愿耗尽我的生命来照顾你、珍惜你，"不辞冰雪为卿热"。

"不辞冰雪为卿热"，这是《世说新语》里的一个典故，是说荀奉倩和妻子的感情极笃，有一次妻子患病，身体发热，体温总是降不下来，当时正是寒冬腊月，荀奉倩情急之下，脱掉衣服，赤身跑到庭院里，让风雪冻冷自己的身体，再回来贴到妻子的身上给她降温。如此不知多少次，深情却并没有感动上天，妻子还是死了，荀奉倩也被折磨得病重不起，很快随妻子而去了。

这个故事，在《世说新语》里被当作一个反面教材，认为荀奉倩惑溺于儿女之情，不足为世人所取。容若却喜欢这个故事，因为世人虽然把荀奉倩斥为惑溺，容若却深深地理解他，只因为他们是一样的人，是一样的不那么"理性"的深情的人。

"无那尘缘容易绝"，无那就是无奈，无奈就是有所求而终不可得，是为"人生长恨水长东"，任你如何英雄了得，任你如何权倾天下，任世界如何沧海桑田，只有无奈是人间的永恒，是永远也逃不掉的感觉。

尘缘容易绝，是为无奈，因为"尘缘容易绝"也是"人生长恨水长东"的一种形态，与无奈同属永恒。只不过，它常常会放过那些芸芸众生的迟钝的心，只猎取一两个绝世多情的生命。

"无那"与"尘缘易绝"，从亘古的世间与世界来看都是并无稀奇的常态，就如同秋月春花、潮升潮落，但具体到每个人的身上，却忽然从亘古变成了刹那，从永恒变成了一瞬，从历史的片断变成了个人的一生，从世界的一角变成了个人的全部。

"年年岁岁花相似，岁岁年年人不同"，这话自然是站在人的角度来说的，如果我们可以化身成一朵花儿，也可以同样感慨"年年岁岁人相似，岁岁年年花不同"。每一个个体对于其自己来讲都是全部，而在旁观者的眼里却只和所有的同类一起获得了一个无情无感的统称。所以，在容若看来，无奈与尘缘都是自己的全部，是世界当中的一个短暂插曲，一个无足轻重的片断，而世界在这个时候呈现给自己的又是什么呢？是相对于短暂的永恒，是相对于自己这深切悲怀的无边冷漠。这就是下一句的"燕子依然，软踏帘钩说"。

燕子还是那样的燕子，和一万年前的燕子没有什么两样。一万年前的燕子会轻盈地踏上枝头，呢喃细语，今天的这些燕子仍然轻盈地踏上帘钩，一样的呢喃细语。对于这些燕子来讲，哪怕是近在眼前的容若的刻骨忧伤都是不存在的，不会影响到它们一丝一毫的呢喃的喜悦。于是，"无那尘缘容易绝"是"我"，"燕子依然，软踏帘钩说"是"物"，以"我"之短暂对照"物"之永恒，以"我"之全部的伤悲对照"物"之亘古的无情，悲情更浓，无奈更甚。

"唱罢秋坟愁未歇"，这句词来自李贺诗"秋坟鬼唱鲍家诗，恨血千年土中碧"，李诗已是愁愤之极，而容若却谓纵然挽歌唱遍，纵然血凝于土，心中的愁愤也不会消歇。

"唱罢秋坟愁未歇"，这是"我"，接下来的末一句"春丛认取双栖蝶"，再一次由我及物，由"我"的愁愤转到"物"的明媚，由"我"的孤单转到"物"的合欢，与"无那尘缘容易绝。燕子依然，软踏帘钩说"一样，构成了第二组的物我对观。

"春丛认取双栖蝶"，单独来看这一句，并无任何悲喜之情在内，甚至还偏于喜悦。设想一下，如果把这句词放进一首花间词，完全可以表达出一种少女怀春的羞赧的欢乐，而用在这里，在前面背景的烘托之下，却是另一种情怀。花丛之中，蝴蝶双栖，孤坟之畔，词人吊影。正是这种物我对观的绝望，才使结句的明媚之语反而起到了强化悲情的效果。以喜语写悲怀，益见其悲。

这是一首悼亡词，悼念的是容若的第一任结发妻子卢氏。卢氏十八岁嫁给容若，鱼水相欢情无极，却无那尘缘容易绝，仅仅共同生活了三年，便死于难产，留给了容若一个骨肉和无穷的悲伤。

悼亡，是诗词的一类，著名者如苏轼"十年生死两茫茫。不思量，自难忘"，如元稹"诚知此恨人人有，贫贱夫妻百事哀"。本来都只是抒发怀念具体的个人，却写尽了一种普世的悲情。

容若，一个用天真和孤独雕成的孩子，在这个不属于他的世界上，永远地失去了他唯一的玩伴。

六

［采桑子］

谁翻乐府凄凉曲，风也萧萧。雨也萧萧。瘦尽灯花又一宵。

不知何事萦怀抱，醒也无聊。醉也无聊。梦也何曾到谢桥。

这一首也是纳兰词名篇中的名篇，似乎平白易晓，只有几处值得稍稍解释一下。

一是"谁翻乐府凄凉曲"中的"翻"字，是演奏、演唱的意思；二是"乐府"，这里泛指一切入乐的诗歌；三是"瘦尽灯花又一宵"，是说烛火一点点地烧尽，好像一个人渐渐消瘦的样子——古时的蜡烛一般是用羊油做成，烛芯烧着烧着就会爆裂一下，如同微型焰火，烛芯烧剩得太长时也要剪的，所以有"何当共剪西窗烛"的"剪烛"之语；四是末尾处的"谢桥"，古人用"谢娘"来指代才女，谢桥和谢家便都是由谢娘衍生出来的美丽词汇，指代"谢娘"所在的地方——也有人说六朝时代真有一座桥叫作谢娘桥，无论如何，是指代与心上人的相会之地或是轻薄子弟的冶游之所，晏幾道的"梦魂惯得无拘检，又踏杨花过谢桥"便是此中名句。

上片写凄凉，下片写无聊。凄凉，便凄凉到彻夜都无眠；无聊，便无聊到醉梦都无奈。但是，这到底是一种怎样的无眠与无聊，是为了什么，又如何才能解决，却模模糊糊道不真切，只在最后的一句"梦也何曾到谢桥"里透露了这是对一位不知名的女子的相思。

这相思却有几分怪异，不但丝毫没有山盟海誓的决绝，反倒透着一分慵懒，透着一种聚散无妨、醉梦由他的消沉。容若似乎在说：我自己也说不清梗在胸口的到底是些什么，反正醉了就会想你，也会不想你，反正醒了也会想你，也会不想你，做梦的时候本该去找你，却一次也不曾梦到过你。

这似乎是一种说不清、道不明的情愫，是一种矛盾的心理，也许带着几分自责，也许带着几分自嘲。容若也许是因为冷落了一个不该冷落的人而自我开解，也许是因为陷入了和另一个谢娘的故事而忽然间想起了从前……一切都是可能的，一切也都未必是可能的。

　　或者，我已经不期然地踏上了另一座谢桥，却每每在酒的最醉处、梦的最深处，无法逃避地看到了你。这便是W.B.Yeats（威廉·巴特勒·叶芝）在 *A Deep-Sworn Vow*（《深沉的誓言》）诗中不期然地为容若做出的解读：

Others because you did not keep

因为你没把重誓守住，

That deep-sworn vow have been friends of mine;

别的人成了我的朋友；

Yet always when I look death in the face,

但是每一次我面对死亡，

When I clamber to the heights of sleep,

或者攀登梦乡高处，

Or when I grow excited with wine,

或心情振奋，喝了点酒，

Suddenly I meet your face.

突然间我看见了你的脸庞。

　　即使我们已经在新的生活轨道里渐渐生出了习惯，也难免会在不经意间遇见从前的影子。

　　那一刻，我们会是怎样的心情呢？

七

［采桑子］

彤霞久绝飞琼字，人在谁边。人在谁边。今夜玉清眠不眠。

香消被冷残灯灭，静数秋天。静数秋天。又误心期到下弦。

这首《采桑子》，上片写仙境，下片写人间。天上人间，凡人仙女，音书隔绝，唯有心期。

第一句"彤霞久绝飞琼字"，便点出仙家况味。道家传说，仙人居住的地方有彤霞环绕，于是彤霞便成为了仙家天府的代称。飞琼是一位名叫许飞琼的仙女，住在瑶台，做西王母的侍女。据说瑶台住着三百多位仙女，许飞琼只是其中之一，她在某个人神相通的梦境中不小心向凡间泄漏了自己的名字，为此懊恼不已——按照古代的传统，女孩家的名字是绝对不可以轻易示人的。最后"飞琼字"的"字"是指书信，这样一来，整句话的意思就是在说：很久很久没有收到仙女许飞琼从仙家天府寄来的书信了。

那么，既无书信可通，不知道仙女此时在哪里呢？她为什么还不寄信给我呢？她心里到底在想着什么呢？叠唱"人在谁边"，叹息不已。

"今夜玉清眠不眠"，"玉清"也是仙家语。道家诸天界，最高是大罗，民间传说里还一直都有"大罗真仙"的说法，而玉清正是从大罗而来——大罗生三气，化为三清天，也就是说，大罗天生出了玄、元、始三气，分别化为玉清、上清、太清三般天界，是为三清天。现在我们还可以经常在一些名山道观里看到大罗宫、玉清宫、上清宫这样的名字，这都是从道家的诸天传说而来的。

玉清同时也是一位仙女的名字，在人间也留下了几多美丽的故事。据唐人笔记，玉清姓梁，我们该称她为梁玉清，她是织女星的侍女，在秦始皇的时代里，太白星携着梁玉清偷偷出奔，逃到了一个小仙洞里，一连十六天也没有出来。天帝大怒，便不让梁玉清再做织女星的侍女，把她贬谪到了北斗之下。

但是，无论是玉清天，还是玉清仙女，在容若的词里并不会构成矛盾的解释，它们都可以并存于容若这同一个用典手法之中。那么，"今夜玉清眠不眠"，也就是容若在惦记着那位仙女：今夜你在玉清天上可也和我一样失眠了吗？容若自己的无眠是这句词里隐含的意思：正因为我无眠，才惦记着你是否和我一样无眠。

容若是在思念着一位仙女吗？这世间哪来的仙女？这，就是文人传统中的仙家意象了。仙女可以指代道观中的女子，也可以作为女性的泛指。

写爱情诗，毕竟无法直呼所爱女子的名姓，所以总要有一些指代性的称谓，比如前文讲过的谢娘就是一例。更多的例子是用古代的美女名字或者传说中的仙女名字。早从宋玉的《神女赋》，及至曹植的《洛神赋》，神女（仙女）一说的由来源远流长，而仙家又和道教关系密切，在唐代，皇室贵族女子出家而入道观，在原本就以开放著称的大唐盛世，道观便往往成为了才女们组织文化沙龙的处所，使得文人名士们趋之若鹜，衍生出一段段风流俊雅的爱情故事。

所以，仙女的意象早已经演变成了一种文化符号，许许多多复杂的意思尽被凝练于其中，使诗词的语句越发简短，而所蕴含的意义越发无穷。随着传统的不断积淀，诗词也越发显得像是一种符号体系，我们只有具备了与诗人们同样的悠游于符号体系之内的能力，才能够领略出诗词那凝练的语句中浅层与深层的多项歧义。这也正是诗词作品的魅力所在。

词的下片，由天上回落人间，由想象仙女的情态转入对自我状态的描写。"香消被冷残灯灭"，房间是清冷的，所以房间的主人一定也是清冷的，那么，房间的主人为什么不把灭掉的香继续点燃，为什么不盖上被子去暖暖地睡觉，就算是夜深独坐，又为什么不把灭掉的灯烛重新燃起？

因为，房间的主人想不到这些，他只是坐在漆黑的房间里"静数秋天"，默默地计算着日子。也许仙女该来信了吧？也许该定一下相约的时间了吧？也许再过几天就可以收到仙女的音信了吧？等待的日子总是十分难挨，等待中的时间总是十分漫长。待到惊觉的时候，才发现"又误心期到下弦"。

心期，即心意、心愿。就在这一天天的苦挨当中，不知不觉地晃过了多少时光。

这最后一句，语义模糊，难于确解，但意思又是再明朗不过的。若"着相"来解，可以认为容若与仙女有约于月圆之日，却一直苦等不来，挨着挨着，便已是下弦月的时光了；若"着空"来解，可以认为容若以满月象征团圆，以下弦月象征缺损，人生总是等不来与爱侣团圆的日子，一天一天便总是在缺损之中苦闷地度过。

求之不得，寤寐思服；优哉游哉，辗转反侧。

八

［采桑子］

桃花羞作无情死，感激东风。吹落娇红。飞入闲窗伴懊侬。

谁怜辛苦东阳瘦，也为春慵。不及芙蓉。一片幽情冷处浓。

这首《采桑子》，看上去只是一首泛泛的伤春自怜的小令，其实另有本事。

"桃花羞作无情死"，桃花，是个艳丽娇柔、多情婉转的意象，花开总要花落，而桃花的落地却是不甘心的，因为它是多情的花，无法接受无情的死。和人一样，多情的花总要有某种多情的死法。

　　"桃花羞作无情死"是从桃花而言，接下来的"感激东风"是从观花的容若来说。感激东风，把娇红的桃花吹落，没有任它委于尘土泥泞，而是吹它飞进了容若的小窗，让它来陪伴容若这个正陷于烦恼郁闷的才子。懊侬，就是烦恼、懊恼的意思，这里是指烦恼中的容若。

　　下片开始，"谁怜辛苦东阳瘦"，是容若的自况。

　　东阳瘦是南朝沈约的典故，沈约也是和容若一样的美男子，也一样的才调高绝，我们现在得以欣赏四声分明、抑扬顿挫的诗词音律，还得要感谢沈约这位音律研究的开山鼻祖。沈约曾任东阳守，人们便称他为东阳，这是古人一种习惯的称谓方式。沈约在一次书信中谈到自己日渐清减，腰围瘦损，此事便成为了一个典故，习见的用法是"沈腰"或"沈郎腰"——前者如李后主的名句"沈腰潘鬓消磨"，后者如许庭"东君特地、付与沈郎腰"。有趣的是，沈约的腰肢消瘦本来是愁病所损，但一来因为六朝时代特殊的审美品味，二来因为沈约素来有美男子之称，故而沈腰一瘦，时人却许之为风流姿容。

　　容若用沈约之典也最是风流自况得体，因为容若和沈约有太多相似的地方，除了才情与姿容之外，他们都有一副孱弱易病的身体，也都在各自的时代里为人所欣赏、为人所仰慕、为人所效法——容若二十四岁那年刊刻的第一部词集题为《侧帽词》，用的是北朝独孤信的典故：独孤信姿容绝代，大为时人所慕，一天他出城打猎，回来的时候不小心被风吹歪了帽子，却因为要赶在宵禁之前回城，并没有留心到这个细节。等到第二天，城里却突然出现一件怪事：满城的男子们尽是歪戴帽子的造型，流行就是这样，比风吹得还快。

容若词集用独孤信侧帽的掌故，正是贵公子风流自赏的姿态，和消瘦的沈约有一拼。所以，容若以东阳瘦的掌故自况，自是贴切得很，同时也交代了自己正在患病愁闷之中，无力出门，故而需要那窗外飞来的多情桃花的陪伴。

"春慵"，是说自己之所以身心如此慵懒，非关他事，只因为春天将尽。

但是，事情真的是这样吗？

"不及芙蓉。一片幽情冷处浓"，脱自王次回的"个人真与梅花似，一片幽香冷处浓"。王诗有个主语"个人"，容若化来的句子却没有主语，凭空生出了几多歧义。如果主语是桃花，这就好像是在说，桃花虽艳，却不及芙蓉的清幽，纵然在寒冷的地方也散发着浓浓的芬芳。此处又可有两解，一是桃花不及芙蓉可以在冷处有浓香，二是桃花不及芙蓉，桃花落到了房间里寒冷的角落，偏偏幽香更甚。这两个解释，在文法和意思上都是通畅的。

但是，如果浓的是"幽香"，那么"冷处浓"显然不是在说芙蓉，因为芙蓉和桃花一样，也是属于春夏季节的，所以，只有王次回原句中的梅花才真正堪当此喻。而容若把王诗原句中的"幽香"换作了"幽情"，这一字之差，含义迥异。"幽情"应当是人的情愫，是容若自己的情愫，是容若自比为"不及芙蓉"。

但是，新的歧义又出现了：芙蓉在这里是个凭空而来的意象，上无所承，让人很难搞清楚用在这里是什么意思，而且芙蓉和"冷处"恐怕也很难搭上关系。

芙蓉是什么？一般而言是指荷花。荷花在诗词里有很多名字，比如菡萏，李璟的名句有"菡萏香销翠叶残"；比如芙蕖，苏曼殊诗有"笑指芙蕖寂寞红"，总之这个意象是与容若的词中场景难以合拍的。

问题到底在哪里呢？这还要从容若这首《采桑子》的写作背景说起。

这时候的容若虽然年纪还轻，但早已拜了名师，熟读了各种儒家经籍，在十八岁那年通过了乡试，中了举人，次年春闱，容若再一次考取了很好的成绩，接下来的三月就是科举考试的最后一关——由皇帝亲自在保和殿主持的殿试。对这次殿试，容若志在必得，而以他的才学，也确有必得的把握。但上天总是不遂人愿，就在临考的当口，容若的寒疾突然发作，无情地把他困在了院墙之内、病榻之上。

上天是无情的，所以容若幻想着桃花的有情，如果春天就这样过去，下一次的殿试就要等到三年之后了。而他的这一病，也真的病过了整个春天。所以，容若这首词里的伤春、"懊侬"与"春慵"就是为了这件事情。

"不及芙蓉"，自然也是在这个背景之下的。所以，芙蓉便不是指芙蓉花，而是指"芙蓉镜"的典故。

芙蓉镜，字面意思就是形似芙蓉的镜子。传说唐代李固在考试落第之后游览蜀地，遇到一位老妇，预言他第二年会在芙蓉镜下科举及第，再过二十年还有拜相之命。李固第二年再次参加考试，果然如言及第，而榜上恰有"人镜芙蓉"一语，正应了那老妇的"芙蓉镜下及第"的预言。二十年过去，李固也果然如言拜相。这一典故，在蒙学读本《龙文鞭影》里被写为"李固芙蓉"，所以，容若这句"不及芙蓉"的芙蓉并不是芙蓉花，却是这一朵事关科举的"李固芙蓉"。于是，下启"一片幽情冷处浓"，正是抒写自家在殿试希望落空之后的懊恼之"幽情"，尤其是在友人高中、一派欢天喜地的时候，自己却病榻独卧，倦看春归，只有一朵偶然被东风送入窗口的桃花为伴……

读书人一生中最重要的一个机会就这样被无可奈何地错过了，但上天这一次也许真的怜惜了他的苦闷：病愈之后，他结了婚，得到了他生命中第二个重要的女人——卢氏。

九

［采桑子］

非关癖爱轻模样，冷处偏佳。别有根芽。不是人间富贵花。

谢娘别后谁能惜，飘泊天涯。寒月悲笳。万里西风瀚海沙。

这首《采桑子》原有小题："塞上咏雪花"，是容若在陪同康熙
皇帝出巡塞外的路途当中写成的。与他的京华词作、江南词作不同，
容若的塞外作品自有一番风情，正是一方水土造就了一类词风。

从标题来看，"塞上咏雪花"，按照传统的分类，这是一篇"咏
物"的令词，但容若的独特之处在于：他打乱了传统咏物诗词的一

个内部分野，造出了一种"错位"的手法——传统咏物的诗词里，咏雪早有名篇，譬如祖咏《终南望余雪》：

终南阴岭秀，积雪浮云端。
林表明霁色，城中增暮寒。

再如韩愈的《春雪》：

新年都未有芳华，二月初惊见草芽。
白雪却嫌春色晚，故穿庭树作飞花。

咏花的名篇也有很多，比如薛涛的《牡丹》：

去春零落暮春时，泪湿红笺怨别离。
常恐便同巫峡散，因何重有武陵期。
传情每向馨香得，不语还应彼此知。
只欲栏边安枕席，夜深闲共说相思。

这些咏物名篇之中一般又可以分为两类，一类是祖咏《终南望余雪》那样的写生图，但见物态而不见我心，一类是薛涛《牡丹》那样的比兴式的借题发挥体，由物而及我，明言是物而实言是我。

从这层意义上说，容若的这首咏雪小令即属于后者。但我们会惊奇地发现：前人有咏雪、有咏花，容若咏的却是"雪花"——他完全抛开了咏雪的成规，把雪花当作跟牡丹、菊花一样的"花儿"来歌咏，以咏花的传统来咏雪，给读者的审美观感造成了一种新奇的错位，这正是容若才调高绝而天马行空、自由挥洒而独出机杼的一例。

"非关癖爱轻模样"，这一句化自孙道绚的咏雪词"悠悠飏飏，做尽轻模样"。"轻模样"这个词，略显轻浮、轻薄之气，似是在说：这种轻浮的模样不是一个君子所应该喜欢的。是呀，雪花无根，轻轻薄薄，一个劲儿地乱飘而没有一点点稳重的样子，哪像牡丹的稳重，哪像梅花的孤高，简直就是一种再轻浮不过的花儿了！看，如果是以咏雪的角度来咏雪，自然不会出现这种问题，而一旦把雪花也当作是群芳之一种，以花儿的标准来评判它、衡量它，就会发现它竟然如此的不合格！这就是错位手法在凭空地制造矛盾，制造出一种前所未有的矛盾，再以一种新奇的手法来解决这个矛盾。

"非关癖爱轻模样，冷处偏佳。"容若像是在用一种自我辩解的口气：我也知道雪花是一种轻浮的花儿，而我也并不是一个特别喜欢这种轻浮之美的人，我之所以喜欢雪花，只是因为它在群芳尽绝的寒冷地带里如此惊人地显示了它那与众不同的美。它的美是孤独的，只属于"冷处"，在其他地方全然不见，而相反地，在它自己的寒冷世界里也一样看不见其他的花儿。

那么，它为什么是这样的孤独、这样的与群芳难以和谐共处呢？不为别的，只因为它"别有根芽。不是人间富贵花"。这一句是全词当中的点睛之笔，表面上在解答上一句留下来的关于雪花的疑问，实则却是容若的自况：雪花的根芽不是来自泥土，而是来自天外，它和我一样，不属于这个绚烂富贵的金粉世界，它虽然美丽，但绝不会与牡丹、芍药为伍。这里，便呈现出全词当中的第二次错位：如果雪花没有生在寒冷孤绝的天外，而是生在人见人羡的牡丹和芍药们的富贵世界里，这对它而言算得上是一种幸福吗？而我，一个本属于山水林泉的诗人词客，生长在富贵之家、奔波于仪銮之侧，这种人见人羡的生活对我而言算得上是一种幸福吗？这便是本性与环境的错位，就如同林妹妹嫁给了薛蟠，就如同妙玉被方丈指派去给寺庙里"请"佛像的游人们开光收费。

这种天性与环境的错位便造成了这样一种感受：生活是一场早已注定的悲剧，是以一己之力极难摆脱的悲剧，而生活又不得不在这场错位的悲剧中继续下去。这便是一种凄凉到骨的无奈，明知生活在别处，脚力却走不到那里，就算你仅仅是讲给人听，也没人信你。

"谢娘别后谁能惜"，"谢娘"前文已经讲过，一般是对才女的代称，但这里的谢娘却实有所指，就是前文介绍过的那位晋代才女谢道韫。当初，谢道韫比拟雪花，以一句"柳絮因风起"得享声名，可谓是雪花的红颜知己，而如今，谢才女早已红粉成灰，你这生长于孤独、生长于天外的雪花还能够寻找到第二位知己吗？

读到这里，我们才明白容若这"谢娘"一词看似实指，其实一语双关，它并没有舍弃这个美丽词汇里"对才女的代称"的意象。这个谢娘到底是谁呢？一定就是容若的发妻卢氏。他们在一起仅仅生活了三年，三年的知心和快乐换来了一生的悼亡与思念。

"谢娘别后谁能惜，飘泊天涯"，在谢道韫之后，没有人再对雪花报以真切的怜惜了，雪花孤零零地在天涯漂泊，和人间虽有交集却不相融合；在卢氏之后，又有哪位红粉、哪双红袖，对容若报以同样的相知呢？只任容若孤零零地在富贵的人间漂泊不息，和熙熙攘攘的人群有交集却不融合。他虽然生活在他的社会里，但对于他的社会，他仅仅是一个冷冰冰的旁观者。锦衣玉食的生活是那么牢靠，但对容若而言，这却不是稳定，而是漂泊，不是家乡，而是天涯。

"寒月悲笳。万里西风瀚海沙"，和雪花做伴的，有寒月，有悲笳，有张狂的西风，有大漠的流沙。这一切苍凉的符号密集地堆积出了一个苍凉的意境，之后，戛然而止。

戛然而止的背后到底是些什么呢？雪花可在思念着千年之前的那位谢娘，容若可在思念着三生三世之前的那另一位谢娘？雪花可曾在北方的极寒之地找到自己的天堂？容若可曾在注定的那个金粉世家里冲到自己的渔村蟹舍?

在那片真正的北方的极寒之地，多年之后，阿赫玛托娃也写过一首咏雪的名篇，她悠扬的哀歌弥漫在飞舞的雪花之中，在某一段已经被雪花遮盖而看不清方向的道路上，"在某个不可考的远古的世纪，我和你曾在这路上并肩而行"。你，既是你，也是我；既是相知于我的你，也是天性中的那个我。我虽然刻骨地绝望于在今生今世里与今生今世的疏离，却不妨幻想在某一个不可考的远古的世纪，我，和我天性中那个真正的我，在一条真正属于自己的道路上，并肩前行。

十

［采桑子］

谢家庭院残更立，燕宿雕梁。月度银墙。不辨花丛那辨香。

此情已自成追忆，零落鸳鸯。雨歇微凉。十一年前梦一场。

在纳兰词中，这首《采桑子》颇为难解，像是追忆，像是悼亡，扑朔迷离，踪迹莫辨。

"谢家庭院残更立，燕宿雕梁"，这像是在写当下的实景，也像是在写一番追忆；"月度银墙。不辨花丛那辨香"，这就应该是怀念当初的一段情缘了；下片开始"此情已自成追忆"，话锋转折，明证上片的情境属于"追忆";"雨歇微凉。十一年前梦一场",是在说从被"追忆"的那段日子直到现在,已经过了十一年了,回想起来,恍如一场大梦。

"谢家庭院残更立,燕宿雕梁",谢家、谢娘、谢桥,这都是容若词中常用的意象,甚至有人因此推断容若的某位恋人必定是个姓谢的女子。真相是否如此,却让人无从考证了,毕竟,谢家、谢娘这般词句早已有其特定的含义,纵然巧合为写实并非绝无可能之事,但若为确凿之论,毕竟还是需要一些证据的。

从词句的字面来看,在华丽的雕梁上,燕子还在轻轻地睡着,这正是夜阑人静的时候,却有人独立中庭,一夜无眠。这两句词,十一个字,短短地便勾勒出这样一幅完整的画面,但是,我们却无法根据词意把这个画面用画笔真正地勾勒在纸上,因为我们分辨不出这个无眠而独立中庭的人究竟是谁——是容若自己,还是那个被他思念着、爱慕着的谢娘?

这便是诗与画的区别之一。从王维开始,便有"诗中有画,画中有诗"的说法,但诗句对一个具体情境的描摹却未必都是可以用画笔表现出来的,因为诗句有时候会被刻意或无意地留"空",或者说,留下一些歧义,而这歧义因为可东可西、可此可彼,无法被落实为一个确定的意象。现在我们遇到的便是这样的一个问题:这个人,这个在谢家庭院里无眠而独立的人,究竟是谁?

无论是谁,无论是他还是她,在语意和情节上都是讲得通的。

第一种解释是：这个院子既然是"谢家庭院"，不眠而独立的自然应该是那位被容若爱着的女子；容若在思念情人，却反过来说是情人在思念着自己，这种表达是诗词里的一个传统手法，为唐宋以来所习见。情人在思念着自己，心焦地看着月亮在慢慢移动着，慢慢地照进了银光铺满的院墙……

　　第二种解释是：容若在十一年后站在情人当初住过的院落里，一夜无眠，沉思十一年前的往事。那时候，也是这样一个月光明媚的夜晚，月亮偷偷地照进了院墙，自己也跟着月光偷偷地溜进了院子，偷偷地和恋人相会。这可不是过度阐释，"月度银墙"之所以会产生这样的暗示，就是因为下面这句"不辨花丛那辨香"。

　　"那"，就是现代汉语中的"哪"，这一句脱胎自元稹的《杂忆》，容若只是换掉了一个字而已，元稹的诗是：

　　　寒轻夜浅绕回廊，不辨花丛暗辨香。
　　　忆得双文胧月下，小楼前后捉迷藏。

　　元稹这首诗的来历，有人说是悼亡之作，也有人说就是《西厢记》的本事。现在看来，后者似乎更加可取。元稹就是《西厢记》中张生的原型，"忆得双文胧月下"的双文就是崔莺莺的原型。元稹在婚前曾和双文有过一段始乱终弃的热恋，这首《杂忆》就是元稹回忆当初那跳墙约会的心动场景：那时候，天气有些凉意，夜色浅淡（也正是容若词中"残更"的时候），回廊曲折，朦胧难辨，"不辨花丛暗辨香"语涉双关，表面是说在夜色当中难以辨认花丛的位置，故而只能靠花丛的香气来判断方向，暗示的意思则是：在花丛的芬芳之中暗中辨认恋人身上的香气，偷偷地摸索着她的位置，然后说双文姑娘在朦胧的月色底下欲迎还拒，和自己玩着捉迷藏的游戏，不让自己轻易找到。

元稹其人，悼亡诗写得真切感人，写到了历代悼亡诗中顶峰上的顶峰，而这首《杂忆》（这是一套组诗，一共五首）却可以说是在悼亡之后的另外一番悼亡，是雕像的影子，是月亮的背面。是呀，最难知的，始终都是人心。

"不辨花丛暗辨香"，明末王彦泓《和孝仪看灯》也袭用过这个句子，也是改了一个字。王诗是：

欲换明妆自忖量，莫教难认暗衣裳。
忽然省得钟情句，不辨花丛却辨香。

王诗是写女子和情人在灯会相约，怕情人在人群中找不出自己，便打算换上明艳的服饰，这时候却忽然想起了一句爱情格言，"不辨花丛却辨香"，那还是原样打扮好了，就让情人来个"闻香识女人"吧。

以上就是容若词中"不辨花丛那辨香"一句的由来。这样看来，似乎倒和前文讲过的那个容若的小表妹能够搭上一些关系，难道这就是在暗示着容若趁着国丧混在喇嘛的队伍里偷偷入宫，在无数的宫中女子当中和表妹的那次无言的一晤？如此说来，"月度银墙"的"月"不正是容若的自比吗？

　　容若的挚友顾贞观的词集里也有一篇《采桑子》，和容若此篇无论在用韵和词句上都极为相像，很像是一篇和作：

　　　　分明抹丽开时候，琴静东厢。天样红墙，只隔花枝不隔香。
　　　　檀痕约枕双心字，睡损鸳鸯。辜负新凉，淡月疏棂梦一场。

　　抹丽就是茉莉，在茉莉花开的时节，本该也是诗酒琴棋的日子，但斯人却毫无意绪，静默无言。困扰他的正是浓浓的相思，而这相思，隔着一堵"天样红墙"，她在墙里边，他在墙外边。高高的红墙隔断了两个人，却隔不断两颗心，此即"只隔花枝不隔香"。但世间最苦之事莫过于心相连而人相隔，于是"檀痕约枕双心字，睡损鸳鸯"。
　　檀痕，是沾染着胭脂香气的泪痕；约，是覆盖的意思；双心字，是枕头上织就的双心图案。这一句想象红墙那边的女子，泪痕沾湿了枕头，彻夜难眠，日渐消瘦憔悴。那相恋的日子，那大好的青春，就这样徒然错过，只剩下淡月照窗棂，迷迷茫茫，恍如一梦。
　　顾词或许可以作为解读纳兰词的一个参照。这样看来，传统上认为这是一首悼亡诗的说法恐怕站不住脚，容若和他十一年前的爱人并不曾人鬼殊途，只是隔着一堵"只隔花枝不隔香"的"天样红墙"罢了。

"此情已自成追忆，零落鸳鸯"，化自李商隐的名句"此情可待成追忆"，下片语气一转，当初那"月度银墙，不辨花丛那辨香"的往事早已经成了空空的追忆，鸳鸯零落，各自东西。容若沉吟至此，忽然惊觉"雨歇微凉。十一年前梦一场"，雨停了，空气中有了浅浅的凉意，仿佛往事过去了，心头便是浅浅的凄凉。十一年了，过去的，也许只是一个梦吧？

这是容若的自我开解吗？十一年的分离也难以忘怀的爱情，会终于从麻木再到松手吗？是呀，是会像Emily Dickinson（艾米莉·狄更生）那样如挨过冻的人记起了雪吗？

This is the Hour of Lead—

这一刻像是被灌了铅——

Remembered, if outlived,

如果活下去，就永记心头，

As Freezing persons, recollect the Snow—

如同冻僵的人，回想起白雪——

First—Chill—then Stupor—then the Letting go—

起初——冰冷——接着麻木——最后撒手——

十一

［采桑子］

而今才道当时错，心绪凄迷。红泪偷垂。满眼春风百事非。

情知此后来无计，强说欢期。一别如斯。落尽梨花月又西。

历代诗词被传唱出无数名句，各有各的性格。李商隐"沧海月明珠有泪，蓝田日暖玉生烟"，这是一类，你说不清它到底要表达什么，说不清诗人到底在想些什么，句子里的每个字、每个词、每个典故，你都能说上明确的意思来，但当它们凑成了一句完整的话，你却迷惑了、茫然了；李白"明月出天山，苍茫云海间。长风几万里，吹度玉门关"，这也是一类，意思明确，用语朴实无华，却自有一番磅礴大气；岳飞的"壮志饥餐胡虏肉，笑谈渴饮匈奴血"，也是一类，家国兴亡之悲，匹夫有责之志，无不溢于言表；马致远"枯藤老树昏鸦，小桥流水人家"，也是一类，只是几个名词的铺陈，看上去客观冷静，如同一幅风景画小品，却以精选出来的一些意象表达了画中人的悲凉与忧伤……

容若的名句却是另外一种风格，直抒胸臆、不加雕琢、平淡如话，譬如"人生若只如初见"，譬如"人到情多情转薄"，譬如"当时只道是寻常"，都只是男女世界里最平常不过的感情，容若有过，你我也或多或少地都曾有过，这般感情以最平淡的语言表达出来，却在第一眼就把人打动。

是的，有些句子的好需要用岁月来体会，譬如"冠盖满京华，斯人独憔悴"；有些句子的好需要反复吟哦才能体会，譬如"共眠一舸听秋雨，小簟轻衾各自寒"；有些句子的好是在读不明白的困惑中体会到的，譬如"一春梦雨常飘瓦，尽日灵风不满旗"；而容若的好，却在于明明白白、直指人心，弹指间便道破了世间每一个用情男女的心事，只一个照面便会使人落泪。

若以佛事喻诗词，李杜当属大乘般若一脉，胸怀兼济之情，词多绚烂之笔；李商隐如同三论宗，辞章一出，美到极致，也模棱两可到极致，待要说，却说不出，正是不生亦不灭，不常亦不断，不一亦不异，不来亦不出；姜夔一身兼天台与律宗二门，先是一个圆字，圆融三谛，有大包容之相，兼之法度森严，绵密细致，钻之弥深；辛弃疾如同唯识宗，义理深邃、论说谨严，理常在情之侧，情不在理之上；至于容若，却如禅宗，他的词句每有直指人心、见性成佛的力量，让人在第一眼相识处，便骤生顿悟之心。

这首《采桑子》便是一例。"而今才道当时错"，劈头道来，恍如禅师的当头一棒。但细想之下，这一句又有什么特别的呢？如果翻译成白话，无非就是"现在才知道当时错了"；或如"人生若只如初见"，也不过是"人和人之间要是都能保持最初见面时的感觉就好了"；"当时只道是寻常"，就是"当初拥有的时候不觉得有什么特别，直到失去了以后才知道珍贵"；这样的句子如果拿到现在，恐怕都难登大雅之堂。

不过，从词的正根来说，词本来就是登不了大雅之堂的东西，当初的知识分子去填词，就好比现在的部长、局长和大学教授们去写流行歌曲的歌词，作为闲情逸趣倒也无妨，但毕竟不是个正经东西。但是，词的魅力其实也正在这里，就因为"不是个正经东西"，才更能够直抒胸臆、不必遮遮掩掩，才可以放下"文以载道"的黄金帽子，才可以扯开"诗以言志"的西服硬领，自由自在，无拘无束。于是，最普通不过的情感，最平常不过的言语，经过容若那浸淫着绝世之天资与学养的笔触，不经意地抒写出来，遂成千古的名句。这，就像莫迪里阿尼在酒醉之中、在狂欢之后，匆匆几笔散淡的勾勒，便可以在拍卖会上赢得一个天价。

"而今才道当时错，心绪凄迷"，另一种美，就在于语言的歧义。"当时错"，现在才明白了、才后悔了，可是，当时"错"的究竟是什么呢？是我当初不应该与你相识，还是当初我与你不该因相识而走得更近，还是当时我应该牢牢地抱住你、不放你离去？"错"，可以是此，可以是彼，词中并没有交代清楚，也不需要交代清楚，那个宽敞的空间是留给读者的想象力的，作者不应该去侵占、去剥夺，也不能够去侵占、去剥夺。

"红泪偷垂。满眼春风百事非"，这句是设想那个女子，她在偷偷垂泪，她是在为我伤心，还是在为自己伤心？是在为失去的伤心，还是在为得到的伤心？

红泪，形容女子的眼泪。当初，魏文帝曹丕迎娶美女薛灵芸，薛姑娘不忍远离父母，伤心欲绝，等到登车启程以后，薛灵芸仍然止不住哭泣，眼泪流在玉唾壶里，染得那晶莹剔透的玉唾壶渐渐变成了红色。待车队到了京城，壶中已经泪凝如血。

红泪，形容女子的伤心，一般作为泛指，但容若用这个典故，不知道含义会不会更切合一些？有情人无奈离别，女子踏入禁宫，从此红墙即银河，天上人间远相隔。这，是否又是表妹的故事？说不清。

"满眼春风百事非"，这似乎是一个错位的修辞，要说"百事非"，顺理成章的搭配应该是"满眼秋风"而不是"满眼春风"，但春风满眼、春愁婉转，由生之美丽感受死之凄凉，在繁花似锦的喜景里独会百事皆非的悲怀，尤为痛楚。此刻的春风和多年前的春风没什么两样，但此刻的心绪却早已经步入了秋天。

"情知此后来无计，强说欢期"，回想当时的分别，明明知道再也不会有见面的机会了，但还是强自编织着谎言，约定将来的会面。那一别真成永诀，此时此刻，欲哭无泪，欲诉无言，唯有"落尽梨花月又西"。情语写到尽处，以景语来结尾；以景语的"客观风月"来昭示情语的"主观风月"。这既是词人的修辞，也是情人的无奈。正是：无限愁怀说不得，却道天凉好个秋。

十二

［临江仙·谢饷樱桃］

绿叶成阴春尽也，守宫偏护星星。留将颜色慰多情。分明千点泪，贮作玉壶冰。

独卧文园方病渴，强拈红豆酬卿。感卿珍重报流莺。惜花须自爱，休只为花疼。

我们来侦破一个案件吧。一桩诗案，从博尔赫斯的一座花园说起。

博尔赫斯的《短歌》里有一首是这样的：

暮色隐藏下，一只小鸟的独鸣已归于沉默，

你徘徊在花园里，想必缺少什么。

　　你"想必"缺少什么，这是我的推断，这是你的必然，但是，你，到底缺少的是什么呢？我只看到了你在暮色的沉默的花园里徘徊，我知道你的心中定有所缺，但我不知道你缺少的到底是什么。即便你用最动人的歌喉把你的缺失唱了出来，唱给我听，唱给所有的人听，我们也未必听得出来。

　　诗，往往就是这样的。

　　容若的这首《临江仙》，我们听得出那深沉的缺失的声音，却捕捉不到那迷离的缺失的轮廓。

　　从词题来看，"谢饷樱桃"，是有人送了樱桃给容若，容若写词作答，表示感谢，但词中那若隐若现的典故，那"绿叶成阴""千点泪""红豆""惜花"的意象，却似隐藏着千般情事，绝不仅仅是一声感谢那么简单。

　　"绿叶成阴春尽也"，这是杜牧的一则故事。当初，杜牧在湖州偶遇了一个女孩，姿容绝代，让杜牧一见倾心。但当时女孩年纪还太小，杜牧也只是沉沦下僚，于是，诗人与女孩的母亲约以十年为期，届时自己定当高车驷马迎娶这位将来的新娘。

　　十年弹指匆匆过，杜牧却没有如约归来。又过了四年，杜牧担任湖州刺史，高车驷马地来寻回十四年前的约定，才发现当初的少女早已为人妇、为人母了。杜牧感时伤事，写下了一首《叹花》诗：

自恨寻芳到已迟，往年曾见未开时。

如今风摆花狼藉，绿叶成阴子满枝。

诗中以花为喻，说自己寻芳而来，却来得迟了，徒然回想当年看花而花儿未开时候的美色，如今，风波几度，花儿早已开过、早已谢过，只见绿叶成荫、果实挂满了枝头。诗中明为叹花，实为惜人，以今天那女子嫁人生子的"绿叶成阴子满枝"对照十四年前"往年曾见未开时"，悲惜之情溢于言表。这一句"绿叶成阴子满枝"便是容若开头那句"绿叶成阴春尽也"的文辞由来。那么，容若到底是用典呢，还是白描而已？

下一句紧承上文，"守宫偏护星星"，似乎也是男女情事的意象。但难题是，"守宫"至少有两种解释，风马牛不相及，哪个才是正确的呢？

第一种解释是：守宫，是蜥蜴的一种，人们把这种守宫蜥蜴放到器皿里养着，除了正常的喂食之外还要喂它朱砂。守宫蜥蜴天天吃着朱砂，到吃够七斤朱砂的时候，全身的皮肤便都转成了朱红的颜色。这个时候就要残忍一下了，用杵臼把它捣碎，这便做成了守宫砂，如果点在女子身上，就会成为一个终生不褪的红点，只有在经历房事之后，守宫砂才会褪去。

　　这自然是男女情事的一个意象，至于"星星"，也有两解，一是形容某人送来的这些樱桃星星点点，可爱诱人；二是通于"猩猩"，是形容樱桃的猩红颜色——前人咏花曾经用过这样的比喻，如皮日休《重题蔷薇》就曾说过蔷薇花的颜色"浓似猩猩初染素"。

　　那么，"守宫偏护星星"，应当是在形容樱桃的颜色和形态（颜色是守宫砂的朱红色，或者说是猩红色，体态是星星点点，娇小可人），但是，"星星"的两个解释虽然都可以并列而无碍，"守宫"的另外一解却会导向截然不同的答案。

　　守宫之名，既是蜥蜴之一种，也是树之一种。这种树名叫守宫槐，树叶很是奇特：白天全都聚合起来，到了晚上才舒展开。若取此解，"绿叶成阴春尽也，守宫偏护星星"的意思便是：春天已尽，花儿谢了果实结，绿叶成荫，浓密的枝叶护住了星星点点的樱桃。这样一来，便全无了男女情事的意象，只不过是从眼前的樱桃直接铺陈而已。

　　哪种解释才对呢？还要往后慢慢来看。

　　"留将颜色慰多情"，字面似是在说：感谢某人送来这些朱红艳丽的樱桃，以樱桃的喜人的颜色抚慰我这个多情的人、这颗多情的心。

　　而下一句"分明千点泪，贮作玉壶冰"又是用典。"分明千点泪"，是说这颗颗的红色樱桃哪里是樱桃呢，分明就是千点万点的眼泪——这便暗用了前文提到过的"红泪"的典故：当初，魏文帝曹丕迎娶美女薛灵芸，薛姑娘不忍远离父母，伤心欲绝，等到登车启程以后，薛灵芸仍然止不住哭泣，眼泪流在玉唾壶里，染得那晶莹剔透的玉唾壶渐渐变成了红色。待车队到了京城，壶中已经泪凝如血。

　　眼泪确是眼泪，玉壶也确是玉壶，典故运用到位，但是，玉壶当中明明是泪凝如血，又何来"玉壶冰"这个意象呢？

　　"玉壶冰"其实用到了另外的典故，而且恼人的是，和"守官"的典故一样，"玉壶冰"也有两解。其一，"玉壶冰"最早的出处应是鲍照的《代白头吟》，诗中有"直如朱丝绳，清如玉壶冰"，分明是气节风骨之象征。后来，玉壶冰便成为了诗词中一个常见的意象，每每为诗人所吟咏，譬如，唐代京兆府试，时年十九岁的王维便以《清如玉壶冰》为题写下了一首名篇：

　　　　玉壶何用好，偏许素冰居。

　　　　未共销丹日，还同照绮疏。

　　　　抱明中不隐，含净外疑虚。

　　　　气似庭霜积，光言砌月余。

　　　　晓凌飞鹊镜，宵映聚萤书。

　　　　若向夫君比，清心尚不如。

　　王维以玉壶盛冰作比，玉和冰，一个高贵，一个纯洁，两者相融，便构成了千古难出其右的高洁品质。王维铺陈多多、比赋连连，而到了结句处，忽然话锋一转，"若向夫君比，清心尚不如"，一下子从状物而及于写人，从冰之性情转入人之品格。当然，最有名的句子还得数王昌龄的"洛阳亲友如相问，一片冰心在玉壶"，也同样是在以"冰清玉洁"言说个人的心志。而且，这还是分处两地的友人在通信时的表白，又如骆宾王"离心何以赠，自有玉壶冰"，倒也切合容若此番以词作答的背景。

那么，容若的"分明千点泪，贮作玉壶冰"，可是取意于此吗？毕竟，这是玉壶冰最最常见的一个意象。

如果只取"红泪"的原典，这两句词至少从字面上倒也容易解释：樱桃被盛在玉制的器皿之中，仿佛美人的红泪滴落玉壶。但"冰"的意象却融不进来，玉壶泪红可解，却哪能玉壶冰清呢？

这就要看看玉壶冰的第二种解释了。

吴梅村有诗"四壁萧条酒数升，锦江新酿玉壶冰"，这里的玉壶冰便是一种酒名。如此说来，"分明千点泪，贮作玉壶冰"，取意便是：这颗颗樱桃分明是某人的点点泪水，这泪水积聚，情深义重。

那么，哪一解才是正解呢？

"独卧文园方病渴"，下片起头是容若自况，又是用典。

文园，司马相如曾任孝文园令，后人便以文园称之；病渴，司马相如患有消渴症，也就是现在所谓的糖尿病。所以，"文园多病""文园独卧"这些意象便常被用来形容文士落魄、病里闲居。容若这是在以司马相如为喻，说自己正在病中，闲居不出。

下一句"强拈红豆酬卿"，红豆是一个相思的意象："红豆生南国，春来发几枝。愿君多采撷，此物最相思。"这里当是以红豆代指樱桃，说自己病中孱弱，但对你送来的樱桃，无论如何也要强撑病体吃上几颗，并以樱桃喻为红豆，表达对对方的思念之情。

下一句"感卿珍重报流莺。惜花须自爱，休只为花疼"，凭空出了一个流莺，这又是什么意思呢？花，又是什么意思呢？

也许，流莺仅仅是一个春天的意象，容若是说：在这个流莺婉转的季节，感谢你珍重情谊，这般关照我。我知道你怜爱花儿，但你也不要只顾得怜爱花儿才好，你自己也要多多珍重呀！这样，"花"便是一个双关的字眼，表面上是说春日将尽，你不要只顾惜花，实则以花儿暗喻自己，是说：感谢你这般关照我，但你也不要把心思都用在我的身上，你自己也要多多保重才好呀！

到此，全词构成了一个完满的意义，我们虽然无法确知词中所表达的到底是男人间的友情还是情侣间的相思，但毕竟可知这是在你我之间，在容若和送来樱桃的那人之间，那一种互相珍重的情愫。

但是，实情当真如此吗？

好，现在，让我们重新来过，先从词题入手。

词题为"谢饷樱桃"，不要小看这四个字呀，这里的"饷"字可是大有深意的。

"饷"字也有个和樱桃有关的出处——唐太宗要赐樱桃给鄘公，但这种赏赐可不能只送了樱桃就算完的，多少也要写两句话才是。这"两句话"可把唐太宗给难为住了。

按说这无论如何也不能算是一件难事；退一步说，就算难住了普通人，也不该难住唐太宗呀。唐太宗的难题是：送樱桃的这个"送"的意思不知道该怎么表达才好——说"奉"吧，把对方抬得太高；说"赐"吧，又显得自己过于高高在上，这到底该怎么说呢？这时候，有人在旁边出主意："当初梁武帝给齐巴陵王送东西，用的是一个'饷'字。"

饷，嗯，这个字眼比较合适，不高不低，那，就把樱桃"饷"给鄘公好了。

从这个故事里看，"饷"字意味着尊长馈赠东西给晚辈，双方的关系是亲切的，而非尊卑分明的。这样一来，送樱桃的那个人应该就不会是平辈朋友了。那么，到底又会是谁呢？

有人推测，符合这个身份的只有一个人，那就是容若的老师徐乾学。

那么，从徐乾学来解，"感卿珍重报流莺"的流莺意象便不再是简单的直指了，而是又牵出了一个和樱桃有关的典故。

先问一个问题：樱桃为什么叫樱桃？

樱桃原本还有个名称，叫"含桃"，因为人们发现这种小果实常常被黄莺含在嘴里，故而称之为含桃，久而久之，也许黄莺之莺便讹作了樱字，黄莺所含之桃也就成了樱桃。

李商隐有一首诗，叫《百果嘲樱桃》：

珠实虽先熟，琼荄纵早开。
流莺犹故在，争得讳含来。

看上去是在咏物，实则这是一首讽刺时事的诗。时值宦官仇士良权势熏天的时候，高锴主持科举考试，这一天，忽然有人拿着仇士良的书信过来，要高锴一定录取一个叫裴思谦的人。高锴不愿，在大庭广众之下狠狠谴责了来人。那人却也硬气，放话道："来年裴思谦一定会取状元！"

第二年，新一轮科举又开始了，还是高锴的主考。就在考场上，当年那人又找来了，拿着仇士良的书信，定要高锴取裴思谦为状元。高锴这回有点软了，退而求其次，说："状元已经定了，其他名额一定听从仇大人的吩咐。"来人却死活不肯，说："仇大人当面对我说过，如果您不取裴思谦为状元，这个榜就不要放了！"高锴愣了半晌，又软下来说："那，好歹让我见见这个裴思谦吧？"来人倒也痛快，扬声道："我就是。"高锴定睛一看，见面前这个裴思谦相貌堂堂、气宇轩昂，当下便一软到底了，答应了他的要求。结果，这一年的状元，果真就是裴思谦。

　　这等明目张胆地索要状元，世所罕有，大家难免不平。李商隐这首诗便是讥讽仇士良和裴思谦的，以"流莺"喻仇士良，以"含来"暗示裴思谦中状元完全不是凭自己的本事，而是靠着仇士良的关节。

　　流莺和樱桃既有这样一个典故，容若用来又有何意呢？

　　容若这是反用其意，以仇士良对裴思谦的关照比拟老师徐乾学对自己的关照，是为"感卿珍重报流莺"。用典而反用其意，也是诗家一种独到的修辞。这种用法，大约可以追溯到春秋时代的《诗经》传统——当时的诗歌是重要的外交武器，每到几国峰会的时候，首脑和大臣们往往会摘引诗句来作为表达心意的外交辞令，他们这种摘引手法的一个重要特征就是断章取义，不管诗句原本的意思是什么，只要单独摘出来可以为我所用就行。于是，后人的摘引、化用、用典等等，在很大程度上沿袭了这一手法，这便为原句与原典增加了不少歧义，也使诗词的语言变得更加灵活多样、玲珑曲折。容若这里的"感卿珍重报流莺"，便是这样的一种手法。

　　解释至此，渐渐柳暗花明，但这首词的意思仍然不是十分明朗。若再往下走，便又牵扯出下一个问题，一个看似"过度阐释"的问题，即：徐乾学为什么要给容若送樱桃，而不是送别的东西？

　　因为，樱桃是有特殊含义的，这个含义，仍与科举有关。

　　从唐朝起，新科进士发榜的时候也正是樱桃成熟的季节，新科进士们便形成了一种以樱桃宴客的风俗，是为樱桃宴。直到明清，风俗犹存。明白了这个风俗，便能体会到徐乾学以老师的身份送樱桃给容若是有着怎样一种含义了。

前文介绍《采桑子》（桃花羞作无情死）的时候，谈到过容若的科举经历：这时候的容若虽然年纪还轻，但早已经拜了名师（即徐乾学），熟读了各种儒家经籍，在十八岁那年通过了乡试，中了举人，次年春闱，容若再一次考取了很好的成绩，接下来的三月就是科举考试的最后一关——由皇帝亲自在保和殿主持的殿试。对这次殿试，容若志在必得，而以他的才学论，也确有必得的把握。但上天总是不遂人愿，就在临考的当口，容若的寒疾突然发作，无情地把他困在了院墙之内、病榻之上。

容若的这一病，便是词中的"独卧文园方病渴"。于是，老师惋惜容若的因病失期，赠他樱桃以示慰藉，这便是顺理成章的事情了。容若的考试，已经通过了乡试和会试（春闱），考中会试者成为贡士，贡士的第一名叫作会元，这还够不上进士。等到殿试，录取分为三甲（三个等级），一甲一共三名，赐"进士及第"的称号，第一名称状元，第二名称榜眼，第三名称探花（李寻欢被称为李探花，考中的就是一甲第三名），二甲和三甲人数较多，二甲赐"进士出身"，三甲赐"同进士出身"。这殿试三甲就是科举路途的终点，此后便当由学入仕了。而以容若当时的儒学水平，考中进士是手到擒来的事情，但没想到卧病失期，功亏一篑，徒唤奈何。

在这个时候，容若既病且恨，老师徐乾学关心弟子，以樱桃相赠，取新科进士樱桃宴的风俗，有慰藉，也有勉励。容若想到师恩之拳拳，自是感动，又怕自己的事情太让老师牵挂，便也宽慰老师一番。"感卿珍重报流莺。惜花须自爱，休只为花疼"，说到这里，句中含义便一目了然了。并且，以珍重之语作结，也应了题目中的"谢饷樱桃"的意思——这首词是对老师送樱桃之举的答谢，答谢之词便沾了些书信之体。

　　至此，总算解完了这首词中的曲折意义。

　　纳兰词向来以明白如话著称，但其中也有这样用典精深、曲折巧妙的作品。这首词，如果不深究其中原委，很容易就会把它当作一首男女之间的相思之作。

　　诗词，有些是看似复杂，实则简单；有些是看似简单，实则复杂。容若用典，处处围绕着主题"樱桃"，把典故运用得千回百转，明暗莫测。这，才是最难解的用典手法，给你一个"流莺"，谁能想到如此平凡的两个字里居然还藏着一个典故呢？

　　那些一看便知道必是典故的典故，无论多偏僻，都不难解。比如"问廉颇老矣，尚能饭否"，即便我们不知道廉颇是谁，但也能看出这里是在用典，搜索一下廉颇也就是了。以平常字眼构成了极难察觉的用典才是高明的，因为你根本看不出这里是在用典，而且，还以"流莺"为例，如果只把"流莺"作为字面解释，意思依然是讲得通的。这种时候，谁又会多想一想其中是否还有深意呢？

这首《临江仙》，是纳兰词中用典手法的一个典范，也是清代诗词名家中用典手法的一个典范。清词号称中兴，盛况远超两宋，创作理念与艺术手法也较两宋有了长足的发展，只是宋词的"马太效应"太大，现代人便往往只知宋词而不知清词，即便读一些清词，也只知道容若一人而已，殊不知清词大家各有锋芒、各擅胜场，济济为一大观。

诗词，从唐宋以降，一直是在发展着的。单以用典手法论，唐诗之中，李商隐算是用典的大家，但比之宋词里的辛弃疾，李商隐的诗句基本就算是白话了；辛弃疾是宋词中的用典大家，但比之明代吴伟业的歌行，辛弃疾的词也该算是白话了。其中缘由，除了艺术的自然发展之外，诗词作者从艺术家变为了学者，这也是一个非常重要的原因。大略来说，宋诗之于唐诗，就是学者诗之于诗人诗；清词之于宋词，就是学者词之于文人词。学养被带进了艺境，向下便流于说教，向上便丰富了技法、提升了境界。但遗憾的是，这等佳作，因其曲高，便注定和寡，总不如"床前明月光"和"人生若只如初见"这类句子那样易于流传。

我们常说时间是一面筛子，但这面筛子并不总是汰沙存金，却往往会淘汰掉阳春白雪，保留了下里巴人。对于歌者而言，"若有知音见赏，不辞遍唱阳春"，这不是孤高，而是寂寞。曲高则注定和寡，这是千古铁律，概莫能外，雅俗共赏的例子毕竟凤毛麟角。

是呀，说不定几百年后，人们研究我们这个时代的"古典文学"，名篇佳作也都是从流行歌曲和畅销书的排行榜里出来的呢。

十三

［临江仙·寒柳］

飞絮飞花何处是，层冰积雪摧残。疏疏一树五更寒。爱他明月好，憔悴也相关。

最是繁丝摇落后，转教人忆春山。湔裙梦断续应难。西风多少恨，吹不散眉弯。

这是一首咏物词，咏的是寒柳。

柳树实在是诗词吟咏中一个永恒的主题了，几乎和爱情主题一样古老而泛滥，所以，要能写出新意确实是有很大难度的。但，这会难住容若吗？

会不会的问题先放在一边，我们首先需要面对的是一个前提性的问题：老调一定要写出新意吗？

是呀，诗词作品为什么一定要写出新意呢？

我们不妨想象一个场景：容若正在写着悼亡词，正在怀念着逝去多年的发妻卢氏。容若写了一稿，摇摇头，撕掉，说："和元稹的悼亡诗差不多呀，不行，推倒重来！"如果真是这样，词，便只是一种"创作"了。

容若填词，是要独抒性灵的，情之所至即词之所出——即便落进窠臼，那又何妨，不过是不被流传而已；即便新意迭出，那又何妨，不过是不期然的彩票而已。词，就是我的灵，它天真无邪、不通世故，只知道在我的笔墨之间恣意狂欢，它只是一个孩子，仅此而已。什么这个派、那个派，什么这主张、什么那主张，都只是旁观者的分析罢了，就像在音律学出现之前人们便会唱歌，在诗歌理论出现之前人们便会写诗，一个在海边尽情享受着深呼吸的人不一定需要了解有关氧气的科学知识。

所以，对于容若来说，无论是老生常谈的话题，还是前人未及的话题，只要有所感，就会有所发。词，独抒性灵，而性灵是拒绝机心的。

"飞絮飞花何处是"，咏柳咏柳，开门见山：柳絮呀，随风飘到哪里去了呢？花儿呀，随风飘到哪里去了呢？咦，说柳絮是应该的，毕竟是咏柳，可"花儿"是从哪里出来的呢？谁见过柳树开花呢？

　　是呀，柳树难道也会开花吗？从科学的角度说，柳树确实是会开花的，但我们很难说容若这是把科学带入了诗词，因为，他说的花，并不是柳树的花，而是杨花。

　　可是，杨花，好像也不大通。明明是咏柳，怎么会突然出来个杨花呢？

　　正确答案是：杨花和柳絮其实都是一回事，都是柳树上飘飞的那种一团一团的白色绒毛，现在还很常见的。

　　柳絮为什么又叫杨花呢？这是子从父姓，因为柳树有个别名叫"杨柳"。

　　如果你还要没完没了地刨根问底，问我柳树为什么别名杨柳，那我就只好……告诉你吧。从古代到现在，人们普遍都有一种重视谐音的传统，手机选号就是最常见的例子，而在古代，"柳"因为谐音为"留"，人们便往往在送别亲友的时候折柳相赠，以此表达挽留不舍之情，于是，柳树也就成了一种很有人情味的植物了。后来，隋炀帝开凿大运河，号召老百姓在运河两岸种植柳树，每种活一棵者，赏细绢一匹。不但如此，隋炀帝还亲临一线，搞了一次以身作则的植柳仪式，并且给了柳树一个极高的政治荣誉——赐姓。

　　赐姓，这在历史上倒是很常见的，最有名的被赐姓的人物该算是郑成功了，大家称他为国姓爷，因为他被明朝皇帝赐姓为朱，是为国姓，这是莫大的殊荣。隋炀帝的赐姓却与众不同，他让柳树随自己的姓，姓杨，改名为"杨柳"。

所以，"飞絮飞花何处是"，其实就是"飞絮何处是"，但这里特别用了"飞花"的意象，除了造成特别的声音效果之外，还因为杨花作为诗词当中的一个意象符号，独有一些复杂的含义。

杨花是一个飘零无助的意象。传说，杨花如果飘落到水中，就会化为浮萍。这个传说细想一下是非常凄凉的，因为杨花本身就是飘零无根之物，好容易在水里落了脚，却又化为浮萍，依然是个飘零无根之物。"飘零无根"至此便有了一种宿命的悲剧感。

杨花的这个意象，因为苏轼的一首《水龙吟》更加得到了强化，苏词结句是"细看来，不是杨花，点点是离人泪"。

柳和杨花放在一起，折柳的意象是欲留而留不住，杨花的意象是欲住而住不得。

那么，难道杨花（柳絮）就真的没有住而不飘的可能了吗？有的。有一次，吴地的道潜和尚和苏轼同在一个宴席上，苏轼很坏，故意让歌伎舞女们挑逗道潜，说谁能挑逗成功，就有重赏。道潜才学很高，歌伎们便腻着他让他作诗，道潜还真就临场作了一首：

多谢樽前窈窕娘，好将幽梦恼襄王。

禅心已作沾泥絮，不逐东风上下狂。

　　道潜前两句的意思是：美女们呀，你们的好意我心领了，可你们招惹我是没用的，还是多花心思去招惹那个风流成性的苏东坡好了。道潜的后两句，说自己为什么不会为美色所动呢，因为自己的心已是"禅心"，禅心就像那沾了泥的柳絮（杨花），任凭东风怎么撩拨，它都在泥泞地里纹丝不动。

　　看，柳絮（杨花）其命运即便终于能摆脱漂泊无根，也只是沦落泥泞而已，益发可悲。当然，这都只是附着在柳絮（杨花）之上的文学意象，如果从科学的角度说，柳絮其实是柳树的种子，被绒毛包裹着随风飘飞，找地方生根发芽、孕育新生去了。

　　"飞絮飞花何处是，层冰积雪摧残"，容若发问柳絮飘飞生涯的命运归属，自问自答说"层冰积雪摧残"，意思是和"已作沾泥絮"差不多的，只是，"层冰积雪"也是个有由来的文学符号，在字面意思之外还有其特定的所指。

　　"层冰积雪"，语出《楚辞·招魂》："层冰峨峨，飞雪千里"，如果联系一下《招魂》的上下文，意思就更加明确了：

　　魂兮归来，北方不可以止些。

　　层冰峨峨，飞雪千里些。

　　归来归来，不可以久些。

　　魂兮归来，君无上天些。

那么，如果把"飞絮飞花何处是"与"层冰积雪摧残"在《招魂》上下文的背景里联系起来，就会读出新一层的意思：柳絮离开了柳树的怀抱，如同魂魄一般散漫地飞向天堂，可那里太寒太冷了呀，为什么你不回来呢？这时候再来联系一下词题的"寒柳"，咏的是"柳"，为的是"留"。这首词的主题至此而明朗，两个字：悼亡。

这样解读，算不算过度阐释呢？

当然要算，如果仅仅读完这两句就定性为悼亡，当然是过度阐释了，但如果继续往下看的话，会发现后文的悼亡意象是层层推进的。

"疏疏一树五更寒"。"疏疏一树"正是寒柳的意象，而"五更寒"原本仅仅是一个时间的意象，此时交叠在一起，却把夜阑、更残、轻寒这些意象赋予柳树，使柳树获得了人格化的色彩，顺理成章地成为词人情感投射的客体。

"爱他明月好，憔悴也相关"，递进一层，似在说明月无私，不论柳树是繁茂还是萧疏，都一般照耀，一般关怀。貌似在写明月，实则是容若自况：柳树就算"疏疏"，就算"憔悴"，也减不了自己一分一毫的喜爱；伊人就算永诀，也淡不去自己一分一毫的思念。

"最是繁丝摇落后，转教人忆春山"，下片转折，由柳树而及女子，由当下而及回忆，是说：最是在柳丝摇落的时候，我更免不了去想起当年的那个女子。

春山，作为诗词中一个常见的意象，既可以实指春色中的山峦，也可以比喻为女子的眉毛。宋词有"眉扫春山淡淡，眼裁秋水盈盈"，便是以春山喻眉，以秋水喻眼，而一"扫"一"裁"，是形容女子描眉画眼的可爱的梳妆动作。春山既然可以比喻为女子的蛾眉，便也可以用作女子的代称，容若这里便是此意。由柳叶的形态联想到蛾眉的俏丽，联想到心爱的女子，曾经的故事……

接下来仍是追忆那位女子，即"湔裙梦断续应难"。

湔（jiān），这里是洗的意思。旧日风俗，三月三日上巳节，女人们相约一同到水边洗衣，以为这样可以除掉晦气。上巳节和清明节隔得不远，所以穆修有诗说"改火清明度，湔衫上巳连"。这种户外聚众的日子往往给男男女女提供了堂而皇之的约会机会，李商隐的一则逸闻就是这样，而且，这则逸闻既和湔裙有关，也和柳枝有关。

李商隐有一组《柳枝诗》，诗前有篇序言，讲的是这个组诗的来龙去脉，正是自己的一段初恋故事。

当初，洛阳有个女孩子名叫柳枝。柳枝的爸爸是个有钱人，喜欢做买卖，但不幸历经风波而死；柳枝的妈妈最疼柳枝，搞得家里的男孩子们反而不如柳枝妹妹有地位。等柳枝十七岁，到了喜欢梳妆打扮的年纪，却对这些事缺少耐心，总是喜欢弄片树叶吹吹曲子，也很能摆弄丝竹管弦，作出"天海风涛之曲，幽忆怨断之音"。

李商隐的堂兄李让山是柳枝的邻居，一天，李让山吟咏李商隐的《燕台诗》，柳枝突然跑了出来，吃惊地问："这诗是谁写的呀？"

李让山说："是我一个亲戚小哥写的。"柳枝当即便要李让山代自己向这个"亲戚小哥"去求诗，大概还怕李让山不上心，特地扯断衣带系在了他的身上以示提醒。

很巧，就在第二天的一次偶遇中，柳枝向李商隐发出了邀请，说三日之后，自己会"湔裙水上"，以博山香相待。

年轻的李商隐接受了柳枝的邀请，可谁知道，共赴京师的同伴搞了个恶作剧，不仅自己偷偷上路，而且把李商隐的行李给偷走了。诗人无奈，没法在当地停留三日，只得爽约而去。

到了冬天，李让山来找李商隐，说起柳枝已经被某个大官娶走了。这场初恋，还没有开始便已经匆匆结束，只化成了《柳枝》五首，徒然惹人伤怀。

这个典故，容若曾经多次化为自己的词句，譬如"断带依然留乞句，斑骓一系无寻处""便容生受博山香，销折得、狂名多少"。但是，如果容若这里"湔裙梦断续应难"用的是李商隐的这则典故，说湔裙水上之约已如梦断，再也难续，那么，为何难续呢？如果联系柳枝姑娘被某个大官娶去的结局，容若这里所哀伤的应该就是小表妹的进宫之事吧？

容若的另一首咏柳词，即《淡黄柳·咏柳》（三眠未歇），也用到过"红板桥空，湔裙人去"的句子，分明是在用李商隐的故事，但是，这首《临江仙·寒柳》的"湔裙"若做此解，却怕与开头处"飞絮飞花何处是，层冰积雪摧残"的意象不大合拍了。

　　湔裙还有另外一个典故，见于《北齐书·窦泰传》。当初，窦泰的妈妈听到屋外风雷交加，像要下雨，便起身到庭院去看，只见电闪雷鸣、暴雨倾盆，窦妈妈一惊，突然坐起，原来是南柯一梦。这一梦可把她吓坏了，冷汗淋漓，可也就是在这个时候，窦妈妈怀上了窦泰。

　　就这样过了十个月，眼看预产期到了，孩子却怎么也生不出来。窦妈妈急坏了，赶紧找巫师来想办法。巫师说："这好办，你只要'渡河湔裙'，生孩子就会容易了。"窦妈妈依言而行，果然把窦泰顺利地生了下来。

　　如果取这层意思的话，"湔"字就不该读一声，而该读四声，意思同"溅"，跟"洗"没有关系。容若用窦妈妈"渡河湔裙"的典故，当是指发妻卢氏当初的难产。卢氏就是死于难产的，这和上片意象便有所关联了，也明确点出了悼亡主题。而结语的"西风多少恨，吹不散眉弯"，生死永诀之痛，任什么也无法消除。

　　这首词，曾被那位对纳兰词评价不高的陈廷焯赞为纳兰词中的压卷之作，不知道容若听到了会不会高兴一些呢？无论如何，"爱他明月好，憔悴也相关""西风多少恨，吹不散眉弯"，都是至情至性之奇男子的性灵之句。

十四

［临江仙］

点滴芭蕉心欲碎，声声催忆当初。欲眠还展旧时书。鸳鸯小字，犹记手生疏。

倦眼乍低缃帙乱，重看一半模糊。幽窗冷雨一灯孤。料应情尽，还道有情无。

这是一篇伤情怀旧之作。

容若听着雨打芭蕉的声音，心欲碎，那声音仿佛打在心头的锤子，一下下，敲打着心口最柔软的那块地方——那是过去最美好的一段时光，因为过于幸福，所以不堪回想。

　　芭蕉，在文学作品中历来都有两个固定的意象：一是"雨打芭蕉"，也许是因为芭蕉宽大的叶子最容易承载雨水吧，如果是骤雨，那声音便急促而难捱，如果是疏雨，那声音便淅沥而忧伤，所以有"疏雨听芭蕉，梦魂遥"，有"深院锁黄昏，阵阵芭蕉雨"，有"点点不离杨柳外，声声只在芭蕉里，也不管、滴破故乡心，愁人耳"；另一个是卷心芭蕉，芭蕉的叶子是聚拢在一起的，随着成熟而渐渐舒展开来，正像愁人心绪的舒与卷，所以有"芭蕉不展丁香结，同向春风各自愁"。

　　所以，当诗词作品里芭蕉和雨这两个意象共同出现，那往往就是主人公发愁的时候到了。芭蕉和雨长久以来都组成了一个固定的意象符号，所传达的信息主要有两个：一是愁绪，二是孤独。于是，当容若吐出"点滴芭蕉"这四个字的时候，不用再说别的，我们便已经能够体会到他下面要表达的是怎样一种情感了。

　　"点滴芭蕉心欲碎"，这一句从字面理解，"心"首先是芭蕉的心——芭蕉在雨丝无休无止的敲击中，"心"已经快被打得碎了；然后，"心"才双关为容若的心——雨水打坏的是芭蕉的心，也是我自己的心。

　　芭蕉的心，关联芭蕉"束"与"展"的意象。要知道，芭蕉本是没有心的。当初，禅宗的五祖准备交授衣钵，神秀和慧能分别作过两句著名的偈子，一个说"身是菩提树，心如明镜台"，一个说"菩提本非树，明镜亦非台"，陈寅恪质疑说：这两人全都搞错了，不能拿菩提树来打比方的，该用芭蕉。

菩提树高大坚固，常青不凋，根本无法形成"空"的意象，而细考当初中印两地的佛学比喻，普遍所用的都是芭蕉一类的植物。

印度佛学里有不少内容都是讲述观身之法的。什么叫观身之法？大体来说，就是你用什么方法来看待你的肉身。印度人通常怎么看呢，他们有一个很好的比喻，人的身体如同芭蕉。

为什么比作芭蕉呢？因为芭蕉有个特点，叶子是一层一层的，剥完一层还有一层，剥完一层又有一层。如果有人没见过芭蕉，那就不妨想想洋葱，还有卷心菜，反正就是这种剥完一层又有一层的东西。

芭蕉，或者洋葱，或者卷心菜，剥呀剥，一层又一层，里面到底藏着什么呢？剥到最后，咦，原来什么也没有呀？！佛家有所谓"白骨观"，大约就是这种观身的方法，最后会认识到肉身不过是一堆零件的组合，剥来剥去空无一物。

剥尽层层，中心空空，这便是芭蕉在佛学当中的特定意象，以比喻肉身之空幻不实。所以，"身是菩提树"也好，"菩提本非树"也罢，本该是"身是芭蕉"的。

那么，"点滴芭蕉心欲碎"，容若到底用的是哪个意象呢？或者两个意象相辅相成？换作别人，这般解读也许要算过度阐释了，但在容若词里却也未必。容若的空幻不实之感是由来已久的：发妻之死、天性与环境之错位、天生的体弱多病，这都使忧郁越积越多，使他过早地起了佛念。很年轻时，容若第一次为自己设计书房，题名为"花间草堂"，兼取《花间集》和《草堂诗余》的字眼，何等的明丽爽朗；为自己的第一部词集题名"侧帽"，又是何等的风流自赏；但他迅速地衰老了，迅速地在华贵的生活里消沉不起，开始自号为"楞伽山人"，恍恍忽忽地在今生的郁结里证悟来生。

容若这时候的词已经笼罩在垂暮的梵音里了：

《浣溪沙》

抛却无端恨转长，慈云稽首返生香。妙莲花说试推详。

但是有情皆满愿，更从何处着思量。篆烟残烛并回肠。

《眼儿媚·中元夜有感》

手写香台金字经。惟愿结来生。莲花漏转，杨枝露滴，想鉴微诚。

欲知奉倩神伤极，凭诉与秋擎。西风不管，一池萍水，几点荷灯。

厌世，缘于爱之深；向佛，只因情之切。容若这两首词，青灯古佛、金经香台，而《浣溪沙》"返生香"之典意在返生还魂，《眼儿媚》"奉倩神伤极"一典更是荀奉倩对妻子"不辞冰雪为卿热"的一往情深。纵无情处，也是多情。而当下，"点滴芭蕉心欲碎，声声催忆当初"，此中又有几多空门意，几多尘世情，谁能说清？

从窗外雨打芭蕉的淅沥，想到当年的仙侣生活，"欲眠还展旧时书。鸳鸯小字，犹记手生疏"。待要睡了，却展开了旧日的书笺，那些柔情蜜意的文字呀，想当初教她书写，她那笔法生疏的样子……

这两句，化自王彦泓的《湘灵》：

戏仿曹娥把笔初，描花手法未生疏。
沉吟欲作鸳鸯字，羞被郎窥不肯书。

曹娥，是东汉孝女，时人曾经为她刻石立碑。传说蔡邕在一天晚上瞻仰曹娥碑，天黑看不清字，便用手抚摸碑文而读，读罢后在碑阴处题了八个字："黄绢幼妇外孙齑臼"，这是个文字游戏，意为"绝妙好辞"。王彦泓的"戏仿曹娥把笔初……"是描写一位闺中女子，她戏仿曹娥碑的笔意，想要写些情语，却怕被爱侣看见取笑，故而几多羞涩，欲书不书。

容若的"鸳鸯小字，犹记手生疏"系化用王彦泓的成句，但王彦泓其实也是从别人那里化用来的，这就是欧阳修的《南歌子》：

凤髻金泥带，龙纹玉掌梳。走来窗下笑相扶。爱道画眉深浅、入时无？

弄笔偎人久，描花试手初。等闲妨了绣功夫。笑问双鸳鸯字、怎生书？

　　王诗直接取自欧词的下片，欧词描绘的也是一番闺中之乐：女子依偎着情郎，把笔管摆弄了好久却也没有写下什么，可是，女子写什么字呢，这本该是练习刺绣女红的时候呀，一写字岂不耽误了这些正事？但女子哪还有心刺绣，只是持笔笑问情郎：" '鸳鸯'两个字怎么写呀？"

　　当初张敞为妻子画眉，这事被汉宣帝拿来取笑，张敞半开玩笑地辩解说："闺中之乐还有比画眉更过火的呢。"看来写鸳鸯字该算是"更过火"的其中之一项了。

　　过去的事情越快乐，回忆起来也就越痛苦。容若于下片转回当下，"倦眼乍低缃帙乱，重看一半模糊"是说：我的眼睛已经疲倦了，低头看去，书乱乱地堆着，看上去模糊不清。

　　缃帙，本义是书套，色为浅黄，也可以代指书籍。这些书为什么看上去"一半模糊"呢？因为眼睛倦了，因为眼里都是泪了。过去的日子是"鸳鸯小字"，是"弄笔偎人"，而现在呢，只是"幽窗冷雨一灯孤"——窗是幽窗，雨是冷雨，灯是孤灯，这些孤独的意象都只因为你离我而去，我，才是最孤独的那个。

　　可是，话说回来，这么多年过去了，情再深也应该淡了、尽了，但在这个雨打芭蕉的夜晚，为什么我还会想起你来，为什么我还会泪流满面？"料应情尽，还道有情无"，如果可以重新来过，容若会不会甘愿舍弃那段短暂的快乐，以求免除这一生一世的刻骨忧伤？

十五

［虞美人·为梁汾赋］

凭君料理花间课。莫负当初我。眼看鸡犬上天梯。黄九自招秦
七共泥犁。

瘦狂那似痴肥好。判任痴肥笑。笑他多病与长贫。不及诸公衮
衮向风尘。

这首词可以称得上是容若的填词宣言。

前边我们看到的辞章大多都是抒情，而这一回，容若却是以词
言志的。

词题"为梁汾赋",梁汾即顾贞观,既是容若的第一挚友,也是容若的第一知音,而且,两个人在写词上有着共同的主张、共同的追求,创作水平也不相上下,真称得上是"同志加兄弟"的关系了。

这首词当写于容若与顾贞观结交的初期,事由是:容若委托顾贞观把自己的词作结集出版。这种事情非同小可,因为对于一个文人来讲,委托他人来选编、出版自己的作品,这就等同于托妻寄子,是把自己的全部心血托付出去,况且,一旦出版,些许误差都可能遗臭万年。这等事情容若要托付出去,舍顾贞观之外再无旁的人选。

我们现在谈纳兰词,顾贞观只是一个配角,他的存在就好像凡·高的弟弟之于凡·高,殊不知顾贞观也是清代填词之大家——前人评论清代的顶尖词人,有人推朱彝尊为第一,有人推顾贞观为第一,而不像现在这么多人对清词只知道一个纳兰容若。顾贞观能得好友如此重托,靠的不全是友谊。

"凭君料理花间课,莫负当初我",容若这是叮嘱顾贞观:我的词集选编出版的事就全权交给你了,那都是我年轻时候的心血啊,你可一定要处理好了。

料理,即安排、打理,比如宋词有"幽香不受春料理,青青尚馀秋鬓"。花间,是指《花间集》。课,是谦辞,说自己这些词作无非习作而已。

容若这里说"花间课",并不是说他的词风效法《花间集》。容若早年曾从《花间》取水，这是确有其事的，但他的词风和填词主张都是远超《花间》的。花间一脉是词的老祖宗，属于"艳科"，许多内容都是男人模仿小女生的口吻来写的，似乎学得越像，水平就越高，这就好像京剧里的男旦，其审美意味来自高绝的演技和彻底的错位。于是花间之美便在于"情趣"，而非"情怀"——这可绝不能怪花间词人没品位，因为"情怀"早已名花有主，是属于诗的，而词为诗之余，是在正襟危坐一整天之后的一场放松，是在朝九晚五的疲惫之后的一次歇息……当然，辛苦工作一天之后，也会有人穿上燕尾服去音乐厅听上一场交响乐，但多数人毕竟还是更愿意去唱卡拉OK的。

词，就是卡拉OK。

但慢慢地，通俗艺术走进了文化圈，毕竟下里巴人的影响力是不可忽视的。此时，文人士大夫又将词的境界越提越高，最高之处甚至已经和诗不分轩轾了，像苏轼的"一点浩然气，千里快哉风"，这哪里是在抒情，分明是在言志；哪里还有"情趣"，分明化作"情怀"；再看表现手法，这两句看似明白如话，直抒胸臆，实则上句出自孟子，下句出自宋玉，完全是学人的底子。以这种笔法填词，就好像在KTV里拿着麦克风唱歌剧一样。

而容若的填词主张，确是从花间传统而来的，只是破俗为雅，虽仍然提倡"情趣"，却不是男旦的靠演技反串，而是主张性灵，主张填词要独出机杼、抒写性情。也就是说，这是处在情趣和情怀之间的一个点，是为性情。

所以，为容若所推崇的前辈词人，既非温、韦，也非苏、辛，而是秦七、黄九。这便是下一句里的"眼看鸡犬上天梯，黄九自招秦七共泥犁"。

"鸡犬上天梯"，这是淮南王刘安"鸡犬升天"的典故，说刘安修仙炼药，终有所成，一家人全都升天而去，就连家里的鸡犬也因为沾了一点药粉而跟着一起升天了。

但是，鸡犬升天这个典故用在这里，含义颇为难解。还是先看下一句好了："黄九自招秦七共泥犁。"

秦七，即秦观；黄九，即黄庭坚。秦七婉约，黄九绮艳，故而并称。

泥犁，是个佛学术语，意为地狱。佛家有一部《佛说十八泥犁经》，十八泥犁也就是俗话说的十八层地狱。到底这十八层怎么划分，各有各的说法，有说其中一层叫作"拔舌泥犁"，如果有谁说了佛家三宝（佛、法、僧）的坏话，死后就会堕入这个拔舌泥犁；其他的口舌是非如果犯得多了，也会堕入拔舌泥犁。如果这些说法属实，那么黄庭坚和秦观这两位词坛圣手现在恐怕还在拔舌泥犁里没出来呢。

此事似乎难解：黄庭坚和秦观给我们留下了那么多绝代好词，为什么会堕入拔舌地狱呢？这里有个掌故：黄庭坚年轻时便喜好填词，笔法多走绮丽温婉的路子，我们可以看他一首：

《画堂春·春情》

东风吹柳日初长。雨余芳草斜阳。杏花零落燕泥香。睡损红妆。

香篆暗消鸾凤，画屏萦绕潇湘。暮寒轻透薄罗裳。无限思量。

当时，有个很严肃的关西大和尚法云秀斥责黄庭坚，说："你写这些黄色小调，撩拨世人淫念，罪过可太大了，你将来要堕入拔舌泥犁的。"

容若用这个典故，是说：我们填我们的词，你们尽管看不上好了，我们宁愿下地狱也要按我们自己的意愿来填词。那么，这里的秦七和黄九显然就是容若和顾贞观的自况，再看这句"眼看鸡犬上天梯，黄九自招秦七共泥犁"，分明是说：随便你们这些鸡犬去上天堂吧，我和顾贞观是宁愿手拉手下地狱的。这就回到了刚才那个问题："鸡犬升天"的典故在这里到底是什么意思？容若肯定是在和一些人做对比，但这到底是些什么人呢？

有人解释，说容若作此词时，正值皇帝笼络明末遗民士大夫、开设博学鸿词科，不少"伯夷""叔齐"纷纷下了首阳山，想来谋个一官半职。历代读书人，做官是普遍的第一追求，但容若淡泊名利、顾贞观也不把博学鸿词科这个橄榄枝放在眼里，两人自诩是秦七、黄九，坦然声明：你们走你们的阳关道，我们走我们的独木桥；你们志在上天堂，我们廿心下地狱；你们尽可以看不上我们这样不务正业而下地狱的家伙，你们请便！

诸家注本普遍都取这个解释，但这个解释是否成立，却很难说。"鸡犬升天"的典故明显带有贬义，而容若和顾贞观共同的好友里也不乏钟情于博学鸿词科的，双方之间并没有那么大的壁垒，相反倒很融洽；容若自己也曾经一心仕进，还为了错过殿试而懊恼不已；容若主编的《通志堂经解》、所著的《渌水亭杂识》，也都是正经的学问之道。所以，若把这些和填词对立起来，似乎很难解释得通。

而以用典的手法论，容若用黄庭坚下拔舌地狱的典故属于典型的断章取义，因为这件事还有下文——黄庭坚后来编辑晏幾道的词集，读后而大有感慨，说词虽然只是街头巷尾的流行歌曲，但晏幾道写词用上了诗笔，这便化俗为雅了。黄庭坚由此想到自己当年填的那些狎俗小调，还挨了大和尚的一顿训斥，看来人家说得没错，填词还得是晏幾道这样的才对路。

如此说来，黄庭坚等于承认自己是该入拔舌地狱的，也承认自己当初填词的路数有违高雅，那么，难道容若也是要重蹈覆辙而宁可下地狱吗？显然不是，容若用这个典故，只取"以填词为志"这个意思，不及其他。这种断章取义式的用典手法是诗词常格，前边已经见过一些，很快还要继续见到的。

"瘦狂那似痴肥好，判任痴肥笑"，瘦狂和痴肥是南朝沈昭略的典故。沈昭略为人旷达不羁，好饮酒使气，有一次遇到王约，劈头就让人家下不来台："你就是王约吗，怎么又痴又肥？"王约一肚子气，当下反唇相讥："你就是沈昭略吗，怎么又瘦又狂？"这要是换了别人，肯定是一脸难堪却毫无办法，这分明就是自取其辱嘛，沈昭略却哈哈大笑道："瘦比肥好，狂又比痴好，你这个傻小子呀！"

容若用这个典故，还是断章取义式的用法，与顾贞观自况瘦狂，把对立面比作痴肥，说你们痴肥尽管笑话我们瘦狂，是，我们是不如你们，随便你们怎么笑吧。表面上话虽如此，实则却说：就凭你们这些痴肥也配笑话我们？不搭理你们不是因为不如你们，而是因为你们不配！

容若性格中狂放的一面暴露出来了，仿佛他另外一首名篇中劈头的那一句"德也狂生耳"乍现眼前，此时的容若不再是一个多情公子，而是一位旷荡豪侠。

末句"笑他多病与长贫，不及诸公衮衮向风尘"，"笑"字上承"判任痴肥笑"——痴肥们笑的是什么呢？笑的是我们的多病与长贫。这里，多病与长贫实有所指，容若正符合多病的标准，顾贞观正符合长贫的标准，两个人放在一起，这才叫贫病交加。容若最后语带反讽，说我和顾贞观一病一贫、一狂一瘦，实在比不上你们肥肥的各位风风光光地衮衮向风尘呀。

衮衮（yǎn），是接连不绝的意思，一般用在人的身上，不同于"滚滚"，前者如"诸公衮衮登台省"，后者如"滚滚长江东逝水"。容若这里"笑他多病与长贫。不及诸公衮衮向风尘"，又是一次对比，和前边"眼看鸡犬上天梯，黄九自招秦七共泥犁""瘦狂那似痴肥好，判任痴肥笑"，接连构成了三组对比。这些对比的情绪是如此强烈，使我们不禁要问：跟容若、顾贞观站在对立面的到底是哪些人呢？

诸家的普遍解释是：你们志在做官，我们志在填词，是做官与填词构成了对比。

但是，是否存在第二种可能呢？如前所述，做官与填词的对比未必确凿，这也或许是容若和顾贞观共同的独抒性灵的词学主张与当时另外的词学声音之间的对立。这，就要稍微介绍一下纳兰词之外的词坛风气。

清初有两大文学巨匠，时称"南朱北王"，"南朱"是朱彝尊，"北王"是王士禛。王士禛在年轻时做了五年的扬州地方官，白天忙工作，晚上就和词人朋友们唱和聊天，因此带起了相当大规模的兴盛词风。但王士禛调离扬州之后，却很离奇地对填词一事绝口不提了，这就像一位一统江山的武林盟主突然封刀归隐一样，把当初的一堆追随者硬给晾在那儿了。这是为什么呢？原因其实很简单：王士禛年纪大了，官也做大了，觉得填词只是少年轻狂的一段荒唐经历而已，过去了也就过去了，"雕虫小技，壮夫不为"。从此以后，王士禛的文学精力就全用在诗歌和古文上了，还开创了"神韵"一派，在文学史上留下一笔。

　　再说那个"南朱"朱彝尊，他正好和王士禛相反，先诗而后词，坐定了词坛盟主之位。朱彝尊的另一个重要身份是一代儒宗、学术大师，而这位儒宗早年也是有过一段刻骨而绝望的恋情，这在他的一些小词里、还有一首超长的《风怀诗》里都有过真挚的吐露。话说朱彝尊晚年要给自己编定文集，这时候有朋友劝他，你的文集里如果删去《风怀诗》，以你的学术地位，将来说不定能媲美孔子。朱彝尊倒很硬气，就是不删，说"宁拼两庑冷猪肉，不删风怀二百韵"。但不删归不删，从朋友的劝说当中我们还是可以看出当时的主流社会风气的。

　　南朱北王，两则逸事，一个是说词在一些"正统人士"眼中之地位，一个是说写情在一些"正统人士"眼中之地位。但很不巧，容若和顾贞观的人生追求里，这两条全占，并且还是结合在一起的。更要命的是，当时的词学风气也正有着向醇正清雅的"思无邪"路线发展的趋势——这可不是性灵之词，而是儒家之词。所以，容若的词作如果以上流社会的主流眼光来看，未必有多么可取。

　　这时候我们再回过头来，重读"凭君料理花间课，莫负当初我"，这个"莫负当初我"似乎便有了一些深意，是说我对我当年的这些词作是满意的，是坚持的，我是什么样就呈现出什么样，不必为了什么而删掉什么。

　　如果从这个角度着眼，后边的三组对比也就容易理解多了。

举世皆誉而不加劝，举世皆非而不加沮。我走我路，任人评说。这是一个"德也狂生耳"的旷达形象，也是一个绝世才子的风流自赏。而容若的早逝，夭折了一个天才，也夭折了一个即将使鲜花开遍原野的性灵词派。

十六

［木兰花令·拟古决绝词］

人生若只如初见。何事秋风悲画扇。等闲变却故人心，却道故心人易变。

骊山语罢清宵半。泪雨零铃终不怨。何如薄幸锦衣郎，比翼连枝当日愿。

快乐和感动往往来自不求甚解，这是一件无可厚非的事。

比如一句我们经常用以自勉的话："言必信，行必果。"我们觉得这才是君子气概，古人真是教会了我们很重要的人生哲理呀。这两句确实是孔子的名言，但在《论语》里，原文还有后半句："言必信，行必果，硁硁然小人哉。"如果再往下看："抑亦可以为次矣。"这就是说：这种言必信、行必果的人虽然都是不怎么样的小人，但也不算太糟糕，也算凑合了吧。

现在，这首容若最著名的《木兰花令》也有相似的情况在。

"人生若只如初见"，我们如果只读这最最感人肺腑的头一句，必然以为这是一首情诗，也必然会把这一句抄录在心里，作为一则亘古而永恒的爱情箴言。容若这句词的魅力在于：他直指人心地写出了一种爱情世界里的普世情怀，尽管他的本意未必如此。

我们还是先从词题看起吧。

词题"拟古决绝词"，首先点明这首词是"拟古"，也就是说：我下面要模拟古诗的风格与题材写上一首。

拟古是诗人们常见的写法，一般是模拟古乐府，容若这回拟古的"决绝词"便可见于《宋书·乐志》所引的《白头吟》："晴如山上云，皎若云间月。闻君有两意，故来相决绝。"意思是：我的心明明白白、透透亮亮，听说你现在脚踩两只船，所以我要来跟你一刀两断。注意这个主题："绝交。"这可不是什么缠绵悱恻的爱情，而是毅然决然的分手。

后人来"拟"这个决绝词，最著名的是元稹的一组三首《相和歌辞·决绝词》：

乍可为天上牵牛织女星，不愿为庭前红槿枝。

七月七日一相见，故心终不移。

那能朝开暮飞去，一任东西南北吹。

分不两相守，恨不两相思。

对面且如此，背面当何知。

春风撩乱伯劳语，此时抛去时。

握手苦相问，竟不言后期。

君情既决绝，妾意已参差。

借如死生别，安得长苦悲。

噫春冰之将泮，何余怀之独结。

有美一人，于焉旷绝。

一日不见，比一日于三年，况三年之旷别。

水得风兮小而已波，笋在苞兮高不见节。

矧桃李之当春，竟众人之攀折。

我自顾悠悠而若云，又安能保君皓皓之如雪。

感破镜之分明，睹泪痕之余血。

幸他人之既不我先，又安能使他人之终不我夺。

已焉哉，织女别黄姑，一年一度暂相见，彼此隔河何事无。

夜夜相抱眠，幽怀尚沉结。

那堪一年事，长遣一宵说。

但感久相思，何暇暂相悦。

虹桥薄夜成，龙驾侵晨列。

生憎野鹊往迟回，死恨天鸡识时节。

曙色渐曈昽，华星次明灭。

一去又一年，一年何时彻。

有此迢递期，不如生死别。

天公隔是妒相怜，何不便教相决绝。

　　第一首写得残酷：情人之间最好要学牛郎和织女，虽然常常见不着面，但心心相守，终老不移；可别学庭院里的红槿，早晨开得艳艳的，可才到晚上就任风吹得南北东西了。在一起的时候也不渴望相守，分开之后也没多少相思。面对面尚且如此，背对背谁知道会怎么样呢？还是一刀两断了吧，省得活受罪。

　　第二首写得无耻：那个美女呀，实在美艳绝伦，我和她相别一日便如三秋，又何况一别三年呢？下边化用"晴如山上云，皎若云间月"：我自问如白云般干净，可谁知你在这三年里是不是也像白雪般纯洁呢？我很庆幸我是你生命中的第一个男人，但我实在没把握我会不会是你生命中的最后一个男人。我们实在分别太久了，就像牛郎、织女一年一见，见面那天虽然高高兴兴的，可见不着面的那三百六十四天里，隔着那么宽的一条河，谁知道对方都干了些什么呢？

第三首写得绝情：男女就算夜夜睡在一起，尚且有很多秘密沉在心底，像牛郎、织女那样一年只睡一晚，又怎能长叙这一年中的诸多事情呢？与其这样一年一会，不如干脆一刀两断。

我们读元稹的悼亡诗，难免被他的深情所感动，但读这三首，只觉得除了薄情、绝情之外，还有一副小人嘴脸。此诗背后有其本事，就是元稹（张生）和双文（崔莺莺）的一段始乱终弃的恋情。元稹大义凛然地说："都怪那个狐狸精不好！"

以上，就是《古决绝词》从源头到拟古的一番面貌。

那么，容若，这个多情种子，突然也来了这么一首《拟古决绝词》，这是要干什么呀？他和哪位女子如此决绝了呢？

君知妾有夫，赠妾双明珠。

感君缠绵意，系在红罗襦。

妾家高楼连苑起，良人执戟明光里。

知君用心如日月，事夫誓拟同生死。

还君明珠双泪垂，恨不相逢未嫁时。

这是唐代张籍的一首名诗，手法上也是拟古，拟汉乐府。全诗是一个女子对一个男子的表白口吻：你知道我是有丈夫的，但你还是送给我一双明珠。我对你的情义非常感动，便把明珠系在了我的衣服上。但是，我家并不是小户人家，我丈夫也不是贩夫走卒，我虽然知道你对我好，但我誓要与丈夫同生共死。明珠我还是还给你好了，只恨我们认识得太晚！末句"还君明珠双泪垂，恨不相逢未嫁时"被传为千古名句，但这首诗，通篇是男女之情，实际上却和男女之情毫无关系。

这首诗的题目叫作《节妇吟，寄东平李司空师道》，当时，藩镇李师道四处笼人，渐成与中央政府分庭抗礼之势，张籍也是个名人，也在李师道的笼络之列，于是，张籍便写了这首诗作为对李师道的婉拒，借节妇的口吻表白心志：您的好意我心领了，但我这辈子是跟定中央政府了。这便是诗词自《离骚》以来的一个重要传统：以男女情事寄托别样情怀。

所以，诗词作品里通篇写男女的未必真是在写男女，写花草的未必真是在写花草，写美女的未必真是在写美女，这便是《离骚》"美人香草"的传统，把刚的东西柔化，把硬的东西软化，把直的东西曲化，以一种富于审美意味的手法来表现那些不大含有审美意味的内容。

话说回来，容若这首"人生若只如初见"也未必就是在写男女情事。

词题"拟古决绝词"，有的版本在后边还有两个字："柬友。"这就是说，这首词是以男女情事的手法来告诉某个朋友：咱们绝交吧！

　　这首词，看似明白如话，实则用典绵密。"人生若只如初见，何事秋风悲画扇"，秋风画扇，是诗词当中的一个意象符号——扇子是夏天用的，等到秋风起了，扇子又该如何呢？汉成帝时，班婕妤受到冷落，凄凉境下以团扇自喻，写下了一首《怨歌行》：

　　新裂齐纨素，鲜洁如霜雪。

　　裁为合欢扇，团团似明月。

　　出入君怀袖，动摇微风发。

　　常恐秋节至，凉飙夺炎热。

　　弃捐箧笥中，恩情中道绝。

　　扇子材质精良，如霜似雪，形如满月，兼具皎洁与团圆两重意象，"出入君怀袖"自是形影不离，但秋天总要到的，等秋风一起，扇子再好也要被扔在一边。这就是秋风画扇的典之所出。"人生若只如初见，何事秋风悲画扇"，人之与人，若始终只如初见时的美好，就如同团扇始终都如初夏时刚刚拿在手里的那一刻。

　　一般的诗词名句总是成双成对，诸如"欲穷千里目，更上一层楼"，诸如"人生自古谁无死，留取丹心照汗青"，或如"大漠孤烟直，长河落日圆"，而容若这一句却是单句流传，大约是因为"人生若只如初见"通俗晓畅，而"何事秋风悲画扇"却转而用典，这个典故还不是什么通俗的典故，便造成了单句流传的命运。其实"人生若只如初见"与"何事秋风悲画扇"是一个"如果……那么……"
的句式，连在一起看，语气和意思才完整。

　　下面两句"等闲变却故人心，却道故心人易变"，有的版本写作
"故心人"，有的版本写作"故人心"，这个分歧的由来，在于有没有
读出这两句当中的用典。是的，这两句看似白话，其实也是用典，
出处就在谢朓的《同王主簿怨情》：

　　　　掖庭聘绝国，长门失欢宴。
　　　　相逢咏茶蘼，辞宠悲团扇。
　　　　花丛乱数蝶，风帘入双燕。
　　　　徒使春带赊，坐惜红颜变。
　　　　平生一顾重，夙昔千金贱。
　　　　故人心尚永，故心人不见。

　　谢朓这首诗，也是借闺怨来抒怀的，其中还用到"悲团扇"的
典故，正是前边刚刚讲过的班婕妤的故事。谢朓诗的最后两句"故
人心尚永，故心人不见"，也有版本作"故人心"，后来基本被确定
为"故心人"，这正是容若"等闲变却故人心，却道故心人易变"一
语之所本。两个版本在意思上的差别倒也不是很大，大略是说你这
位故人轻易地就变了心，却说我变得太快了——当然也可以做其他

的解释，但大体都还是围绕着这层意思的。

下片继续用典，"骊山语罢清宵半，泪雨零铃终不怨"，这是唐玄宗和杨贵妃的故事。"七月七日长生殿，夜半无人私语时"，这个长生殿就在骊山华清宫，这便是"骊山语罢清宵半"，后来马嵬坡事过，唐玄宗入蜀，正值雨季，唐玄宗夜晚于栈道雨中闻铃，百感交集，依此音作《雨霖铃》的曲调以寄托幽思。这也正是《雨霖铃》词牌的来历，柳永那首"寒蝉凄切"的名篇就是这个词牌。

"何如薄幸锦衣郎，比翼连枝当日愿"，这里的"薄幸锦衣郎"说的还是唐玄宗，"比翼连枝当日愿"则是唐玄宗和杨贵妃在长生殿约誓时说的"在天愿作比翼鸟，在地愿为连理枝"。这一对"第一情侣"在深宫夜半的情话不知怎么被白居易偷听了去，后人也就多了这样一则爱情典故。容若的意思应该是：虽然故人变了心，往日难再，但好歹我们过去也是有过一段交情的。以过去的山盟海誓对比现在的故人变心，似有痛楚，似有责备。

但我们始终无法说清容若的这首词到底是真有本事，还是泛泛而谈。也许这是他与一位故友的绝交词，也许只是泛泛而论的交友之道，但以容若为词独抒性灵的主张，想来还是前者更容易让人相信些。

这首词，若当情事解，则看似写得浅白直露；若依词题解，则温婉含蓄，怨而不怒，正是"君子绝交，不出恶声"的士人之风。
这样一番解释，也许会破坏一些人心中原有的爱情美感，但是不
要紧，前边不是还讲过几次诗人们的"断章取义"和"为我所用"
吗？那么，就把这个"传统"继承并发扬好了。

十七

［浣溪沙］

十八年来堕世间。吹花嚼蕊弄冰弦。多情情寄阿谁边。

紫玉钗斜灯影背，红绵粉冷枕函偏。相看好处却无言。

这首小令，又是一则谜语，一桩词案。

案情一共有两重，一是：这首小令的女主人公究竟是谁；二是：这首小令究竟是喜语还是悲剧？

关于第一，诸位注家早有分歧；关于第二，恐怕长久以来都被人们误解了。

先说第一个问题吧。这首小令，字面意思并不难解，但在字面的背后，容若到底心系何人，却是个迷惑人的问题了。

有人说，这首词写的是容若的发妻卢氏，理由是：两人结婚的时候，容若二十岁，卢氏十八岁，正应了开头那句"十八年来堕世间"；也有人说，这首词是写沈宛，理由是：词中所描绘的这位女子分明是一位多才多艺的红颜知己，而卢氏和多才多艺恐怕沾不上边，符合这个标准的只有沈宛。

真相到底是怎样的呢？

"十八年来堕世间"，切合卢氏结婚时的年龄，这不假，但是，这一句却不是容若的原创，而是直接从李商隐那里摘引来的：

十八年来堕世间，瑶池归梦碧桃闲。

如何汉殿穿针夜，又向窗中觑阿环。

李商隐这首诗，题为《曼倩辞》，曼倩就是汉朝名人东方朔。传说东方朔曾经说过一句奇怪的话："天底下知道我底细的人只有太王公。"等东方朔死后，汉武帝想起这个话茬，就派人找来太王公，问："你很了解东方朔吗？"太王公回答："我只是个星象家，根本连东方朔这个名字都没听说过。"汉武帝有些不甘心，又问："你既然是个星象家，那我问你，天上的星星都还好吧？"太王公回答："托您的福，都还好，只是岁星在十八年前突然不见了，最近才又重新露脸了。"汉武帝屈指一算，东方朔陪伴自己的时间不多不少，正好十八年，这才知道东方朔原来就是天上的岁星下凡，想到自己当面错过神仙整整十八年，不禁惨然不乐。

李商隐为什么要写东方朔的这个故事，因为他很喜欢以东方朔自比。有考据说，李商隐所处的那个时代，风气开化、宫闱不肃，李商隐和宫中女子大约是有过一些暧昧往来的。诗中以汉代唐，汉殿即唐殿，这是唐人的习惯说法；穿针夜就是七夕乞巧节；阿环是杨贵妃的小名。李商隐的意思就是：在七夕之夜，自己偷入禁苑，隔着窗户缝看见了杨贵妃。在这里，阿环也许是实指，也许是泛泛指代宫中女子，也许是特指宫中的某位女子，这些事都难以确定，但他入宫偷窥这件事总该是成立的。

解到这里，问题出现：如果容若套用李商隐"十八年来堕世间"并非断章取义的话，他在这首词中所描述的那个女子就应当是她的表妹了，这正应了入宫偷窥一事（详见《减字木兰花》"相逢不语"）。

但如果容若是依照断章取义的方式摘引传统的话，上述推测便会成为过度阐释。容若用这个典故，也许只是在说那位女子姿容绝代、才华无双，如同天上的星星下凡。如此，则这个比喻并不存在任何的确指，说的可以是任何一位令容若钟情的女子。

"十八年来堕世间"，既然已经堕入世间，又是怎样在世间生活的呢？也要买米买面打工挣钱吗？当然不是，容若描述的姑娘过的是"吹花嚼蕊弄冰弦"的日子——即便我们不知道这些词都是什么意思，也能从这一个个漂亮的字眼上体会到反正都是些清幽雅致的事情。

冰弦，不是用冰做的琴弦，而是用域外的冰蚕丝做的琴弦，但这只是一个传说而已，诗人们用冰弦二字来代指琴弦，更显情调。

吹花嚼蕊，这又是什么意思呢？

宋词里有"吹花题叶事，如今梦里，依然记得"，也有"嚼蕊吹香"的说法，各有各解，而最源头的用法也许要算是温庭筠的一首《南歌子》：

扑蕊添黄子，呵花满翠鬟。鸳枕映屏山，月明三五夜，对芳颜。

这是描述一位女子精心梳妆打扮，在十五月圆之夜让情郎欣赏自己的容貌。开头两句"扑蕊添黄子，呵花满翠鬟"，一个扑蕊，一个呵花。

"扑蕊添黄子"，黄子，就是女子脸上的妆饰，额间一点黄，即"对镜贴花黄"的"花黄"，而这个黄，也许是取花蕊的颜色，也许就是取自花蕊本身，是为"扑蕊"。

"呵花满翠鬟"，是说把花呵一下然后插在头上。为什么要呵一下呢？因为花瓣原本的形状也许不大让人满意，或者开得还不够舒展，所以用嘴吹气，把花瓣吹成自己想要的样子。这个呵花，就是吹花。

那么，容若词中的"吹花嚼蕊"是否就是"呵花扑蕊"呢？意思上绝对是讲得通的：那位倾城女子梳妆打扮完毕，抚弄琴弦，正是一副娴雅温柔的样子。

但是，另外一种解释也很有道理：这是用典，这个典故我们在前边说过，就是李商隐和柳枝姑娘的故事，那位柳枝姑娘最喜欢"吹叶嚼蕊"，她有很高的音乐素养，常作"天海风涛之曲，幽忆怨断之音"——柳枝姑娘的"吹叶嚼蕊"从李商隐的上下文来看，应当是小女孩子吹树叶吹出音调的意思，定与梳妆无关，再联系容若全句的"吹花嚼蕊弄冰弦"，全是与音乐有关，意思也很顺畅。

只有一个小小的障碍：柳枝姑娘是"吹叶嚼蕊"，容若词中是"吹花嚼蕊"，一字之差，意思会一样吗？

是呀，吹叶可以吹出声调，吹花却是绝对不可能吹出声调的。

一个可能的答案是："吹叶嚼蕊"这四个字违反了诗词的平仄规则，而且很难变通，所以容若才不得不把"叶"字用"花"字来代替。

诸家注本有把"吹花嚼蕊"解作歌唱、奏乐、吟咏的，引申为推敲音律、辞藻，也有取李商隐和柳枝故事的，其实"吹"字若当奏乐之类的意思解，很难和"花"搭配起来，如果按照最简单的方式来理解，温庭筠那个"扑蕊呵花"的意思在字面上才是最为通顺的。

至此，无论是取温庭筠的意思，还是取李商隐的典故，字面上都可以解释得通，而且意义上的差别也不是很大。真正造成分歧的，是典故背后的暗示意义：如果容若是用李商隐和柳枝之典的话，那么，这首词里的女主人公便既不可能是卢氏，也不可能是他表妹，而只可能是沈宛（假定不存在其他女人的话）。

情事总是扑朔迷离，我们再往下看。"多情情寄阿谁边"，这句朴素，是说那位"十八年来堕世间，吹花嚼蕊弄冰弦"的女子，她的心思到底牵挂在谁的身上呢？

这一句，明为问语，实为明知故问，那个"阿谁"显然就是容若自己。

转入下片，更为难解。

诸家注本无论细节上有何出入，总体而言都说这是一首欢喜之词，上片写女主人公的玲珑姣好，下片写容若与她灯下共对，情意绵绵，尤其是末句"相看好处却无言"，说怎么看对方怎么觉得好，但千好万好，嘴里却说不出来。

下片从字面看，"紫玉钗斜灯影背"，是说那女子的发钗斜插，在灯影恍惚中愈见动人，"红绵粉冷枕函偏"，是说胭脂冷了，枕头偏了。然后"相看好处却无言"。

这几句，泛泛读过，确是喜语，但稍一斟酌，便觉得难以解释。

首先这个"紫玉钗"就有问题。乍看上去，这不过是一种贵重的首饰，但是，诗词当中玉钗的意象很常见，有玉钗，有白玉钗，但罕见有紫玉钗。紫玉钗其实实有所指，出自蒋防的著名传奇《霍小玉传》，汤显祖后来把《霍小玉传》改编为戏剧，便以故事中的紫玉钗做了剧题，这就是"临川四梦"中的《紫钗记》。

紫钗，是唐代才子李益和霍小玉的一段爱情悲剧。《霍小玉传》是个凄厉的悲剧，《紫钗记》虽然经汤显祖之手增添了一些光明，但基调依然是悲剧。联系当下，李益和霍小玉的身份、经历非常切合容若与沈宛，这个暗示实在是太强烈了。而且，以容若的才学，不可能不知道《霍小玉传》和《紫钗记》，他用"紫玉钗"这个意象应该是含有深意的，尤其是李益迫于母命放弃霍小玉，太切合容若迫于家庭压力而与沈宛最终分离了（详见前文）。

再看"红绵粉冷枕函偏"，枕函好理解，古时候的枕头一般都是硬的，有陶瓷做的，有木头做的，现在在博物馆里还能看到，既然是陶瓷或木制品，枕头就可以被更有效地利用起来，做成中空的，里边加个抽屉，可以放一些花露水等生活物件。这里以枕函代称枕头，说枕函偏也就是枕头偏了。

红绵，是女子擦粉用的粉扑，周邦彦有"唤起两眸清炯炯，泪花落尽红绵冷"。可是，粉扑又不是炉子，怎么会冷呢？推想一下，女子在化妆的时候，粉扑接触肌肤，有了体温，等放下来不用了，也就慢慢变冷了。

再来回顾一下这两句，发钗偏偏要说"紫玉钗"，钗还"斜"，灯影还"背"，粉扑还"冷"，枕头还"偏"，这一切意象堆积在一起，无论如何也不像是喜语，却只透出几分凄凉。从这里再归结到末句"相看好处却无言"，哪里是在说夫妻对坐或情侣对坐时深情款款、柔情蜜意呢，倒像是情人别离的前夜，明知天一亮就要分别，虽然情深难舍，却也只有相顾无言泪千行。

这般情境，倒有几分像是杨过和小龙女在重伤之后、自知必死之际自办的那场婚礼，在那最后的美艳容光的照耀下，小龙女一回头，见杨过"泪流满面，悲不自胜"。

至此，重读第一句的"十八年来堕世间"，似乎又有了一层含义：天上的星星下了凡，带给我这样多的欢乐，而今，期限到了，下凡的星星终于要回去了……

十八

［浣溪沙］

残雪凝辉冷画屏。落梅横笛已三更。更无人处月胧明。

我是人间惆怅客，知君何事泪纵横。断肠声里忆平生。

寂寞的容若，这首小令也不知道是实境还是拟境。

一个冬天的晚上，院子里的残雪映着月光的清辉，映得屏风更加清冷暗淡，已经是三更天了，是谁在吹着横笛，将《梅花落》的曲调一直吹个不停，夜深无人，只有月色朦胧。这便是上片三句的字面意思。

"残雪凝辉冷画屏"，意象是一"残"一"冷"；"落梅横笛已三更"，意象是梅要"落"，夜要"深"；"更无人处月胧明"，意象是人要"无"，月要"朦胧"。这些意象交织在一起，传达出来的就是两个字：寂寞。

可是，在第二句里，"落梅"存在"落"的意象吗？它不明明是一个曲调的名字吗？

分析起来，这里的落梅有可能是双关语，前一句有残雪，正是落梅时节，两相契合，并无不妥；又因为：笛子吹什么曲调，诗人不是随便选的，比如，如果要表达别离和思想，那就不会是《梅花落》而是《折杨柳》了，"此夜曲中闻折柳，何人不起故园情"。这些曲调的名字在诗人们手里早已经有了固定的意象，也就是说，这些曲调的名称早已经成为诗词的意象符号了，再举个例子，《玉树后庭花》，凡是出现这个曲调名，一般和音乐本身不会有太大的关系，你基本可以断定这是在抒写亡国之痛、兴废之感。

曲调名称在诗歌里边，一是以字面的意思而存在，比如《梅花落》就带有梅花落的意思，《折杨柳》就带有折杨柳的意思，这些字面意象会以字面本身给人以第一印象，下一步才是曲调所带有的意象。

曲调的固定意象早已经约定俗成，无法更改了。我们看周敦颐的《爱莲说》，莲之情操气节与梅花相比是绝不逊色的，乐曲里边也有和莲有关的，但容若在独品寂寞情怀的时候只能听到《梅花落》而不可能听到《莲花落》，否则就会是另一种鉴赏了。

如果较真的话，有一个问题很不容易解决，那就是：容若这时候在哪儿？

从"残雪凝辉冷画屏"来看，他这应该是在家，但是，当时的北京城若有人吹笛子直到半夜三更，这也太扰民了吧？笛子的声音很尖锐，声波的穿透力很强。如果那人还反反复复吹的都是《梅花落》这同一个曲调，那就更让人受不了了！但容若少爷是个文人雅士，听到这旋律只觉得惺惺相惜，人家吹到了三更，他也听到了三更。

只是，这回到了一开始提出的那个问题：这是写境还是拟境？

下片一转，抖落出一对很漂亮的句子："我是人间惆怅客，知君何事泪纵横。"

诗词短小，语言讲究精练，废话绝不能有，但这里，"我是人间惆怅客"，却有些像废话的样子。为什么要说"人间"呢？难道容若还有可能不属于人间不成？和这一句在意思上最相当的对句应该是："我是人间惆怅客，你是仙界风流女。"只有在这种类型的对仗之下，"人间"两个字才是成立的。看看容若对句里和"人间"相对的却是"何事"，很不工整，再仔细看，他完全摆脱了这里通常的对仗规范，这两句话根本就不构成一组对仗。

难道容若也出现败笔了吗？当然不是，这种低级错误他是不会犯的，"人间"二字其实是最无理、也是最点睛的一笔，他这样一说，给人的感觉是：他"自己"和"人间"对立起来了。这就好比我们有些穿西服的同胞经常爱说的"中国人如何如何"，他们在这样表达的时候，已经把自己排除在"中国人"这个范畴之外了。

所以，"我是人间惆怅客"意思就好比一只天鹅站在家鹅堆里，感慨道："我是家鹅世界里一个惆怅的过客呀。"

下一句"知君何事泪纵横"，这个"君"，就是吹笛子的那个人。这一句的出现，把上一句的意思一下子又烘托提升了一层。"我是人间惆怅客"，这是我与世界的隔膜，"知君何事泪纵横"，是我与你的相惜，这就把"你"拉到了"我"的这边，我们两个人互相取暖，以对抗"不属于这个人间"的那种刺骨的疏离感。

"知君"的"知"，字面上是"我从笛声里知道你心"的意思，但一般在诗词语言里，一些字放在"知"的这个位置上是要被当作"反训"来讲的，也就是说，在这里，"知"很可能是"不知"的意思。我知道我是人间惆怅客，但我不知道你为什么吹笛子吹得那么悲伤。这样一来，意思可就丰满多了，我们可以这样想：容若自己就很惆怅了，谁知道突然遇见一个和自己差不多的，虽然不清楚他悲伤的具体内容是什么，但那种感觉自己是有深深共鸣的。这是一种对一个没见面的人的深沉的知音之感。但是，就像一个有自闭症的孩子，当他终于有了自己心爱玩具的时候，当他终于有了一个玩伴的时候，他会非常投入的，但同时也会越来越自闭，和世界越来越疏离。

那可怎么办才好呢？不知道，只是——"断肠声里忆平生"，在断肠的笛声里，种种往事涌上心头。往事到底是哪些？不知道。

个人的情感体验是别人很难参透也很难代替的。就像这些诗词，有人可以给你讲解，但没人可以代你思考；就像有人可以教给你酒的知识，甚至陪你喝上几杯，但醉的体验只能是你自己的，是个体的，是人人不同的。

十九

［菩萨蛮］

飘蓬只逐惊飙转。行人过尽烟光远。立马认河流。茂陵风雨秋。

寂寥行殿锁。梵呗琉璃火。塞雁与宫鸦。山深日易斜。

怀古诗在历代诗词作品里要算一个大类，好作品不在少数，但表的意其实也都差不太多，要么就是感叹兴废无常，要么就是悟出兴亡哲理。总之，在历史朝代的兴废面前，个人总是更容易对比出自己的人生微渺，很容易引发感叹。

怀古诗的意象符号主要有这么一些：皇陵、废殿、夕阳、风雨，容若这首小令全都占了。从用词上来讲，实在有些老土，但是，从另一个角度看去，容若却大胆得惊人。因为容若是在明清易代之后不久，以征服者的身份经过明陵（北京十三陵），对明陵而怀古。这又该如何把握言论尺度呢？

如果这么写：唉，大明如此锦绣江山，却断送于异族之手；如此先进的汉文明，却断送于落后的满文明之手，岂不悲哉！岂不悲哉！——可容若自己就是那个异族和落后的满文明中的一员，这么写肯定有问题呀。

如果这么写：唉，大明如此锦绣江山，都怪皇帝糊涂、奸臣当道，这才导致亡国，要是重用袁崇焕、史可法他们，何至于此！——读者该奇怪了：容若不会是明朝遗民吧？

如果豪放一些：江山易主总无凭，壮志饥餐胡虏肉！康熙皇帝该纳闷了：容若你这是要干吗？咱俩不就是胡虏吗，你惦记着要吃谁的肉呀？

如果是你，处在容若的位置上，你会怎么写呢？

容若这首《菩萨蛮》一共八句，七句都是置身事外地白描写景，只有一句"立马认河流"有了"人"的意象，但这个意象还是如此含糊不清，这个"人"只是勒住了马缰绳，从河流的流向来辨别路线，仅此而已，既没有叹息伤悲，也没有怒发冲冠。那么，他到底是什么意思呢？

　　"飘蓬只逐惊飙转。行人过尽烟光远"，这是意象的堆积，"飘蓬只逐惊飙转"，表面写飘蓬不定，随风乱舞，实则暗示出世界的命运如飘蓬一般不定，世界是脆弱的、轻浮的，人生也是脆弱的、轻浮的，只有命运的"惊飙"是主宰者，它要往哪个方向吹，大家就得跟着往哪个方向跑，完全由不得自己。而"惊飙"也没有个固定的方向，只是"转"，一会儿这边，一会儿那边。于是，人生、王朝、世界、命运，这一切都是茫然无据的，我在这里边迷了路，完全看不清方向。

　　"行人过尽烟光远"，人都走光了，路也不见尽头，这句话描绘出了一种场景上的"空旷"，虽然没有提到"我"在哪里，但读者明显能感觉到"我"就在这个"空旷"的中央，孤独、无助，不知道该怎么办，不知道该向哪里去，不知道该去问谁。

　　这两句，简洁地构造出了迷茫、空旷和孤独，然后"立马认河流"便顺理成章地具有了字面之外的含义：迷茫的我需要停下来细细思考，辨别方向。这个"方向"的含义语带双关，既是实指在明陵一带赶路的方向，更是在力图辨认人生、世界、命运的方向。我，此刻正站在历史的迷宫面前，我需要辨认方向。

　　辨认出来了吗？不知道，容若没说，话锋却一转，"茂陵风雨秋"，点明时间和地点，作为上片的收尾。

　　但是，这个收尾，不仅是点明时间和地点而已，而且在用意象的堆积转达着更深的含义。茂陵，是汉武帝的陵墓，是历代诗人经常吟咏的，明陵当中，明宪宗的陵墓也叫茂陵，所以，容若这里用茂陵二字，一是以明宪宗之茂陵代指整个十三陵，但他为什么不用定陵或其他什么陵来指代呢，这就是意义之二：让人联想到汉武帝的茂陵。

汉武帝的茂陵几乎是一个被诗人们用滥了的主题，西汉之世以武帝朝为最盛，但汉武帝这个最盛者，这个千古一帝，最终也只不过是一抔黄土而已。这种对照给诗人的刺激是很强烈的，由此而怀古，便生出了许许多多的情绪与感悟。所以，茂陵二字，在诗人的世界里便是一个含义复杂的意象符号。

茂陵，风雨，秋，全是名词排列，一个动词和形容词都没有，但容若想要表达的意思和情感却传达得一清二楚。这便是诗人以景写情的技术，其他例子如陆游的"楼船夜雪瓜州渡，铁马秋风大散关"，貌似客观写景，其实是以景语为情语。

下片更是白描。

行殿，即行宫。梵呗，指僧人的唱经声。琉璃火，即琉璃灯，也就是琉璃制的油灯。塞雁，大雁远渡，随季节而在江南、塞北之间往返。宫鸦，栖息在宫殿里的乌鸦。除了开头"寂寥"二字，再没有一点抒情之语，但苍凉之感跃然纸上。尤其是末一句"山深日易斜"，是一个精彩的无理句——这里的日斜是指日落，而太阳的易不易落和山的深不深一点关系都没有，容若却说：在这里，因为山很深，所以太阳容易落，于悖谬处见真理，发人深省。这就是诗笔。

二十

［菩萨蛮］

催花未歇花奴鼓。酒醒已见残红舞。不忍覆余觞。临风泪数行。
粉香看又别。空剩当时月。月也异当时。凄清照鬓丝。

这首《菩萨蛮》，有人考证说是容若在塞外公干时的怀念爱侣之作。容若从春至秋，久在东北，怀念之情，愈酿愈浓。

场景是一次宴会，一次狂欢的宴会。

"催花未歇花奴鼓"，花奴，是唐代汝阳王的小名，汝阳王音乐素养很高，善击羯鼓，很受唐玄宗的钟爱，后人便以花奴鼓代称羯鼓。

传说唐玄宗有一次在宫中游赏，看到花儿含苞待放，煞是喜人，唐玄宗兴致一来，让高力士取来羯鼓，狠狠敲了一曲《春光好》，鼓瘾过完，竟见那些原本待放未放的花儿全都开了。由此，唐玄宗打的这个羯鼓便有了"催花"的含义。

"催花未歇花奴鼓"，容若是说，宴会上兴高采烈地打着鼓，鼓声催花发，到现在还没有停歇。这是一个热闹而欢畅的场面，但随即话锋一转："酒醒已见残红舞"，酒醒之后，却见催花催得过了头，花儿不但被催开了，还被催落了，一片片残花随风飘舞，好不凄凉。

此情此景，词人是何等感受呢？是"不忍覆余觞，临风泪数行"，不忍心再继续喝酒了，在这场欢会之上突然间迎风落泪。

下片写到女子："粉香看又别，空剩当时月。"粉香，诸家注本有说代指爱妻的，有说代指所爱之女子的，但这些解释有些可疑。粉香可以形容美女，这是不错，但这个词在感情色彩上是稍稍有些轻薄的，大概还没有谁用粉香来指代妻子。

周邦彦的一首《早梅芳》是个很贴切的例子，场景也是宴会，也是酒醒宴散：

缭墙深，丛竹绕。宴席临清沼。微呈纤履，故隐烘帘自嬉笑。粉香妆晕薄，带紧腰围小。看鸿惊凤翥，满座叹轻妙。

酒醒时，会散了。回首城南道。河阴高转，露脚斜飞夜将晓。异乡淹岁月，醉眼迷登眺。路迢迢，恨满千里草。

"粉香妆晕薄，带紧腰围小"，是说宴会上的女子非常美丽，非常婀娜，那么，美丽和婀娜达到了什么程度呢？是"满座叹轻妙"，宴会上的男人们一致赞叹：轻盈妙曼！好美好美！——很显然，这都不是什么良家女子，而是歌女、舞女。

所以，用粉香指代心爱的女子，倒还可以，但指代妻子还真不大合适。这就像"风情万种"虽然是个好词，但没人会用这个词来夸自己的妻子。

那么，"粉香看又别，空剩当时月"，是不是容若在塞外怀念某位远在北京或其他什么地方的女子呢？也很难说，因为这两句词的意思像极了晏幾道的"当时明月在，曾照彩云归"。我们看一下晏词：

梦后楼台高锁，酒醒帘幕低垂。去年春恨却来时。落花人独立，微雨燕双飞。

记得小苹初见，两重心字罗衣。琵琶弦上说相思。当时明月在，曾照彩云归。

这是晏幾道的一篇名作。词中的女主人公小苹是晏幾道一位朋友家的歌女。容若这首词，遣词造句和晏幾道这篇实在太像。那么，如果否定了"粉香"一语是在怀念妻子，容若是不是在怀念远人呢？

也不像。

"粉香看又别"，这种句式在宋词里有"一春看又尽，问何日、是归年"，有"一岁相看又过"，这都是说"眼看着春天又过去了""眼看着一年又过去了"，所以"粉香看又别"就应是"眼看着和美女又要分别了"。这就是说，这件事情是发生在当下的，是发生在宴会之上的。加上这个"又"字，意思就应该是：容若眼睁睁地看着宴会又散了，那个曾经在以前的宴会上出现过、给自己留下深刻印象的美女又要离自己而去了，只有月亮还像上一次宴会的时候一样，冷冷地陪着我。这便是"粉香看又别，空剩当时月"。

接下来语义递进："月也异当时，凄清照鬓丝。"月亮确实还像是当初的月亮，但仔细看看，又和当初的不太一样，那月光越发凄冷，越发冰凉。

这样看来，容若这首小令并非伤离怀远，而是在写当下事、眼前人。但其中是否存有异性之间的情感在，倒不好说。仅仅从文本来看，"粉香看又别"和"酒醒已见残红舞"都是繁华消散、众人皆去的意象，"空剩当时月"含义应是"只剩下我孤零零的一个"。而"月也异当时，凄清照鬓丝"则是感叹岁月无情，自己虽然还是和以前一样的孤独，所不同的只是比当时更老些了。

容若始终是一个孤独的人，而在人人敲鼓碰杯的欢宴之上，那种孤独感被烘托得更加强烈。相比之下，一个人独处时候的孤独并不可怕，一个人无法融入群体时的孤独才是凄凉到骨的。尤其当这个群体就是你所处的家庭、社会时，你无法逃避也无处逃避，孤独的你又能怎么办呢？

二十一

［菩萨蛮］

雾窗寒对遥天暮。暮天遥对寒窗雾。花落正啼鸦。鸦啼正落花。
袖罗垂影瘦。瘦影垂罗袖。风翦一丝红。红丝一翦风。

这首小词，每两句都是反复回文。"雾窗寒对遥天暮"，从最
后一个字"暮"倒着往前读，就是下一句"暮天遥对寒窗雾"；"花
落正啼鸦"，倒过来也就是下一句"鸦啼正落花"，这就是回文诗
的一种。

一般的选本里很少会选这首词，原因很简单：这是纯粹的文字

游戏，并没有什么艺术价值和深刻内涵在里边。这道理是完全正确的，回文诗大多都仅仅是文字游戏而已，就像厨师雕刻出来的一朵精美绝伦的萝卜花，无论多漂亮，也只是正餐旁边的一个装饰。

但是，为什么经常还有厨师愿意去雕萝卜花呢？除了要让整桌菜卖出更贵的价钱之外，另一个原因就是：炫技。

这是人的天性，如果掌握了高于常人的技术，总忍不住会拿出来卖弄卖弄，没机会卖弄的话，在受到环境的刺激后，就会"技痒"。

诗词也是一样，这既是一门艺术形式，也是一门技术活儿，水平高的人喜欢炫耀，也很有兴趣去挑战更高的技术难度。这跟我们现在玩游戏打通关是一个道理。

诗词，不但是一门技术活儿，还是一项技术游戏。现代人有时会把诗词想象得过于神圣，这实在是因为在我们现代的多数诗词讲本中，都把诗词抬得过高了，或者是以现代的艺术眼光来审视古代的诗词作品，诗人在我们眼里就被塑造成了艺术家的形象，而事实上，如果我们能到古代去看一看的话，就会发现具有"艺术"意象的诗词仅仅是诗词的多个侧面中的一个而已。

诗词也是交际手段。文人士大夫们搞社交活动都聊什么呢，最好的话题要符合以下的标准：一、不失身份；二、大家都可以参与；三、带有一些竞技性，有助于活跃气氛。能够同时满足这三个条件的，就是诗词。

关于第一"不失身份"，诗肯定是不失身份的，词在有些时候会被认为失了身份，但这是社交场合，不是正襟危坐的场合，填词也是雅事。

关于第二"大家都可以参与"，诗词是旧文人的基本功，一般来说，哪怕再笨、再烂、再没水平的人，只要他是个读书人，好歹都能吟两句诗词的。如果诗写得好，这个人不一定学问也好；但如果诗写得很烂，连基本功都没有，这个人的学问也就不用问了。在传统文化里，如果一个人水平很高却不会写诗，这是难以想象的。

关于第三"带有一些竞技性，有助于活跃气氛"，诗词唱和在一定意义上就是比武。俗话说"文无第一，武无第二"，因为文的好坏往往是没有硬指标的，不像武术，无论吹得如何，只要两人一交手，总能分出胜负。但是，文在艺术水平上虽然难有标准，在技术水平上却是有标准的，比如诗词唱和里的步韵，别人写了一首七律，你也要跟着写一首七律，还得用人家原来的韵脚的字。如果你写出来了，虽然不是什么佳作，但也还算中规中矩，至少你就没输，但如果你憋了半天写不出来，那肯定就是输了。《红楼梦》里姐妹们的联句也是一种形式，如果眼看着别人一句一句不假思索，每轮到你的时候都憋不出来，这多没面子呀。在这种时候，艺术水平是次要的，或者说是超指标的要求，按照规矩把自己该写的那部分写出来，这才是最重要的。因为这不是在搞"艺术创作"，而是在进行"社交活动"。

现代人已经没有这种适用面超广的社交话题了，想想古代的读书人，你只要会作诗，技术熟练，就很容易打入社交圈，融入新环境。大家也很容易在诗词唱和中忘记各自的身份和地位，进行自由自在的交流和娱乐。诗词，就是这样一种重要的社交工具，非常具有实用功能。

一方面，这种半竞技性质的活动推动着技术进步；另一方面，诗人的水平越高，往往也越乐于挑战更高的技术难度。就像主音吉他手，手指越快便越喜欢追求更快；就像打电子游戏，玩得越熟便越喜欢攻克更难的关卡——回文诗就是这样的一种技术挑战。从这个意义上说，诗词，可以说是一种技术游戏。

诗词游戏的样式很多，一样带有竞技色彩，炫技也就意味着给别人制造技术壁垒，这是文人之间的比武，妙趣横生。

传说佛印和尚给苏东坡写过这样一封信，让苏东坡这等顶尖高手也摸不着头脑：

野野 鸟鸟 啼啼 时时 有有 思思 春春 气气

桃桃 花花 发发 满满 枝枝 莺莺 雀雀 相相

呼呼 唤唤 岩岩 畔畔 花花 红红 似似 锦锦

屏屏 堪堪 看看 山山 秀秀 丽丽 山山 前前

烟烟 雾雾 起起 清清 浮浮 浪浪 促促 潺潺

湲湲 水水 景景 幽幽 深深 处处 好好 追追

游游 傍傍 水水 花花 似似 雪雪 梨梨 花花

光光 皎皎 洁洁 玲玲 珑珑 似似 坠坠 银银

花花 折折 最最 好好 柔柔 茸茸 溪溪 畔畔

草草 青青 双双 蝴蝴 蝶蝶 飞飞 来来 到到

落落 花花 林林 里里 鸟鸟 啼啼 叫叫 不不

休休 为为 忆忆 春春 光光 好好 杨杨 柳柳

枝枝 头头 春春 色色 秀秀 时时 常常 共共

饮饮 春春 浓浓 酒酒 似似 醉醉 闲闲 行行

春春 色色 里里 相相 逢逢 竞竞 忆忆 游游

山山 水水 心心 息息 悠悠 归归 去去 来来

休休 役役

苏东坡大惑不解，可要是承认看不懂，岂不是输给了佛印一筹！正在抓耳挠腮之际，传说中的那位苏小妹来了，只看了两眼便说："这很难解吗？明明写得很清楚呀。"

经苏小妹的天才一解，那一大堆的叠字便重新打散组合，露出佛印的一首七言长诗：

野鸟啼，野鸟啼时时有思。

有思春气桃花发，春气桃花发满枝。

满枝莺雀相呼唤，莺雀相呼唤岩畔。

岩畔花红似锦屏，花红似锦屏堪看。

堪看山，山秀丽，秀丽山前烟雾起。

山前烟雾起清浮，清浮浪促潺湲水。

浪促潺湲水景幽，景幽深处好，深处好追游。

追游傍水花，傍水花似雪，似雪梨花光皎洁。

梨花光皎洁玲珑，玲珑似坠银花折。

似坠银花折最好，最好柔茸溪畔草。

柔茸溪畔草青青，双双蝴蝶飞来到。

蝴蝶飞来到落花，落花林里鸟啼叫。

林里鸟啼叫不休，不休为忆春光好。

为忆春光好杨柳，杨柳枝头春色秀。

枝头春色秀时常共饮，时常共饮春浓酒。

春浓酒似醉，似醉闲行春色里。

闲行春色里相逢，相逢竟忆游山水。

竟忆游山水心息，心息悠悠归去来，归去来休休役役。

　　这就是一个典型的文人游戏。大家最熟知的游戏应该就是藏头诗了，比如有一首诗常常被作为评书的定场诗，听过的人很多，但大家未必都知道这其实也是一首藏头诗：

八月中秋白露，路上行人凄凉。小桥明月桂花香，日夜千思万想。

心中万般宁静，青春好读文章。十年苦读在书房，方见才学益广。

这首《西江月》这么看，是看不出藏头的，如果换成繁体字，再排成一个圆圈：

八月中秋白露，路上行人凄凉。小橋明月桂花香，日夜千思萬想。

心中萬般寧靜，青春好讀文章。十年苦讀在書房，方見才學益廣。

"廣"字的下半部分是"八"，从"八"读起，是"八月中秋白露"，"露"的下半部分是"路"，从"路"读起，是"路上行人凄凉"，依照这个规矩一直往下读，读到"方見才學益廣"，便完整地转了一圈。

诗词的游戏是多种多样的，这里只是简单地介绍了两种而已。古代文人一般不像现代人这么忙，休闲时间既没有电视看，也没有咖啡厅泡，所以很大程度上的休闲都用于诗词书画了。

最后再看一看容若另外的两首回文《菩萨蛮》，领略一下诗歌的另一个侧面和诗人的另一种生活：

客中愁损催寒夕。夕寒催损愁中客。门掩月黄昏。昏黄月掩门。

翠衾拥孤醉。醉孤拥衾翠。醒莫更多情。情多更莫醒。

砑笺银粉残煤画。画煤残粉银笺砑。清夜一灯明。明灯一夜清。
片花惊宿燕。燕宿惊花片。亲自梦归人。人归梦自亲。

二十二

［虞美人］

银床淅沥青梧老。屟粉秋蛩扫。采香行处蹙连钱。拾得翠翘何恨不能言。

回廊一寸相思地。落月成孤倚。背灯和月就花阴。已是十年踪迹十年心。

这首《虞美人》，又是表面明白如话、实则暗流滚滚的一篇。

只从字面来看，读得出是相思，是怀旧，是一段欢乐、一片深情。这是一种很高妙的技术，字面意思已经把想表达的内容表达出来了，但如果读者明了那些语句的出处，读出来的内容便会递进一层。

这种手法，比如辛弃疾的"却将万字平戎策，换得东家种树书"，这是慨叹英雄无用武之地，空有满腔抱负、满腹经纶，却处处受到掣肘，无奈加上愤懑，便把"平戎策"去换了"种树书"。这么理解是一点问题没有的，但是，如果知道"种树书"还有一个出处，对这句词的意思也许还能领悟得更多一些。

秦始皇焚书坑儒，天下的书只允许留下很少的几类，其中就有占卜书和种树书。所以，种树书就变成了一个文化符号，含有某种特定的符号意象，明白这个意象之后，便更能体会到辛弃疾所处的时局是多么的压抑、逼仄。

容若这首词便充分体现着这种技巧。这倒不一定是他有意为之的。作为一个满腹诗书的人，他对前人的种种成句、典故、意象，早已经读得烂熟，变成了自己语言的一部分，运用起来就如同我们普通人运用母语一样，达到了不假思索的程度。读书越多的人，往往这种现象就越明显。

"银床淅沥青梧老"，银床，一般有两种解释，一是说井栏，一是说辘轳，其实银床至少还有一解，就是形容华贵的床，比如宋词里有"高敧凤枕，慵下银床"，这个银床的意思在上下文里是很明确的。

容若这里的银床是什么意思呢？从上下文来看，只能在井栏和辘轳之间选一个。但到底选哪个呢，应该是井栏。为什么是井栏呢？从全词来看，说是辘轳也没有问题呀！

是的，说是辘轳也讲得通，但是，肯定是井栏。

为什么呢？

古人笔记里记载着这样一个故事：某年，河滨打鱼的人网到了一块石头。网到石头没啥稀奇，但稀奇的是，这块石头上居然刻着一首小诗："雨滴空阶晓，无心换夕香。井梧花落尽，一半在银床。"笔记里记了这事，还小小地议论了一下：银床就是井栏，这小诗也不知是谁作的？

这首小诗里的"井梧花落尽，一半在银床"，正是容若"银床淅沥青梧老"一句之所本，那就是说，容若应该是读过这本笔记的，既然出处在此，银床就该当井栏解了。

还有一个小问题：井栏这等粗俗的东西，为什么竟会用"银"字来修饰呢？因为这个"银"字原本并不是饰美之辞，而是确有所指的。《晋书》曾载淮南王的自大与侈靡，后园凿井，打水的瓶子是金的，井栏是银的。

再看"屧粉秋蛩扫"。"屧"，有解作木屐的，有解作鞋的木底的，但无论是木屐还是木底，跟"粉"字都很难搭上关系。这里的"屧"字应该是鞋垫的意思。

我们现在的化妆品比起古人实在丰富得太多了，女人们，甚至还包括一部分男人，有着各式各样的香水，连要喷什么位置都很有讲究，但是，有没有人想到给脚上喷香水呢？如果仅从自然味道而论，脚，也许是人的全身上下最需要香水的部位了。

在这一点上，古人比我们现代人领先了。容若词中所谓的"屧粉"，应该就是鞋垫里的香粉。鞋子的密封性不是很好，所以人在走路的时候，香粉会从鞋子里漏出来，所以才会有"屧粉秋蛩扫"——那女子曾经走过的地方应该留下不少鞋垫里的香粉，但现在，秋风秋雨摧残，梧桐花也落了，蟋蟀也不叫了，她鞋垫里的香粉也已经一点踪迹都没有了。任凭你怎么提鼻子去闻，也一点都闻不见了。

"采香行处蹙连钱"，采香行处，传说吴王在山间种植香草，待到采摘季节，便使美人泛舟沿一条小溪前往，这条小溪便被称为采香径。这个浪漫的名称自然成为诗人们常用的意象，比如姜夔有"采香径里春寒"，翁元龙有"采香深径抛春扇"，当然，真正的采香径（如果当真存在的话）只有一处，容若这里用"采香行处"只是比喻当初那心爱的女子曾经经过、曾经流连的地方。

连钱，叫这个名字的至少有两种东西，一是古代有一种连钱马，即岑参诗里的"五花连钱旋作冰"，卢照临的"妖童宝马铁连钱"，这种马毛色斑驳，就像撒了一把铜钱，或者可以想象成一匹马身上披了一张金钱豹的皮。连钱马是一种很不错的品种，常常被诗人吟咏。

二是一种连钱草，说得专业一点，拉丁名是 Herba Glechomae，可以清热解毒、利尿排石、散淤消肿，可治尿路结石和跌打损伤。当然，这么一解释，诗意就全没有了。

连钱草常常长在路边和水边，是一种很常见的小草。"采香行处蹙连钱"，在采香径上长满连钱草，这是解释得通的，而"采香行处"和"连钱马"这两个意象似乎很不合拍，前者是杏花春雨江南，后者是骏马秋风冀北，放在一起可没法解释。

动词"蹙"字，可以形象地解释为连钱草长满采香径上，但这个字还可以通"蹴"，因此，解释为连钱马踏着采香径，在字面上也是通顺的。

有注本引文徵明诗"春苔蚀雨翠连钱"，形容青苔被雨水侵蚀，好像连钱马的斑纹，这也可以解释得通，放到容若的词中，意为所爱之人旧日的途经之处已经长满青苔，久无人迹，联系到前一句"银床淅沥青梧老"，也很顺畅。

接下来"拾得翠翘何恨不能言"，翠翘就是翠玉首饰，这句是说容若在爱侣当时的途经之地拾到了她当初遗落的一件翠玉首饰，伤感而不能言。字面通顺，但是，究竟是不是这个意思呢？放一放，先往下看。

下片开始，"回廊一寸相思地，落月成孤倚"，回廊，若是泛指，就是曲折的走廊，但联系前文的采香径的用典，这个回廊有可能也是吴王当初的一段事迹：吴王曾经搞过一个"响屧廊"，让西施穿着木鞋走在上边，咔嗒作响，余音缭绕。

"一寸相思地"，是化用李商隐的名句"一寸相思一寸灰"，容若说出"一寸相思"，给人联想就是"一寸灰"，更显出怀念与伤逝。

末句"背灯和月就花阴，已是十年踪迹十年心"，这是最点题的一句，是说距离当初欢会已经过了十年。这个"十年"是约数还是确数，很难确定，如果是确数的话，有人据此推测容若怀念的是发妻卢氏，而作此词时距离卢氏之死已有十年。

十年，对于容若来讲，就是他全部生命的三分之一，就是他成年后的几乎全部时光，而缅怀故地，依然不能忘情，其至情至性，由此可见一斑。

其实，这句话仍有所本，就是高观国的"十年春事十年心，怕说湔裙当日事"。湔裙的典故前边已经讲过，"十年春事十年心"一变而为"十年踪迹十年心"。如果容若仅仅是因为化用前人成句而沿用了"十年"这一说法的话，这个"十年"并非实指的可能性就略微大了一些——但也可能是因为容若恰好到了十年之期才联想到高观国的"十年春事十年心"的，这些可能性可以一并成立。

"已是十年踪迹十年心"这是全篇之中最感人的一句，但感动之后别忘了前边的疑问，现在我们把"拾得翠翘何恨不能言"联系上这个"十年"，好好想想看：翠翘，一个贵族女子的很值钱的翠玉首饰，居然掉在地上整整十年也没人捡，非要等到容若故地重游、伤感唏嘘的时候才被拾到，这到底是上天关照有情人呢，还是十年来的过路人都太不长眼？

也许诗人的话未必都要当真，容若这里所谓拾得翠翘，也许只是化用温庭筠的一句成句而已："坏墙经雨苍苔遍，拾得当年旧翠翘。"

温庭筠的这一句几乎就是容若上片词的缩影，"坏墙经雨苍苔遍"就等于"银床淅沥青梧老，屧粉秋蛩扫"，"拾得当年旧翠翘"就等于"采香行处蹙连钱，拾得翠翘何恨不能言"。容若用这句"拾得翠翘何恨不能言"，也许只是要把我们引到温庭筠的"拾得当年旧翠翘"而已，表达的仅仅是一种情感，而未必真是写实。

最后，"已是十年踪迹十年心"有人解释为是容若在怀念亡妻卢氏，又因为十年之后早已续娶了官氏，官氏在侧之时不大方便公然悼念亡妻，所以拾得翠翘之后才"何恨不能言"。这种解释恐怕有些过了，因为，即便事情背景属实，但十年之后有恨而无言，意思已足。就像苏轼的悼亡词里"相对无言，唯有泪千行"，这是很正常的感情。

最后顺便一提，容若的"十年踪迹十年心"化自前人成句，自己这句也被后人化用——清代大才女吴藻的一首《浣溪沙》里就改了一个字来用：

一卷离骚一卷经，十年心事十年灯。芭蕉叶上几秋声？

欲哭不成还强笑，讳愁无奈学忘情。误人犹是说聪明。

二十三

［忆王孙］

西风一夜翦芭蕉。满眼芳菲总寂寥。强把心情付浊醪。读《离骚》。洗尽秋江日夜潮。

这首词的情绪是：郁闷。

"西风一夜剪芭蕉，满眼芳菲总寂寥"，昨天晚上刮了一夜西风，今天起来一看，蕉都凋残了，满眼的花儿草儿也都打蔫了。我也打了蔫了，心情很差，那怎么排解坏情绪呢？干脆，去喝酒好了，"强把心情付浊醪"。浊醪（láo），就是浊酒。

光喝酒也不是个办法，一边喝酒一边看书吧。看什么书呢？看《离骚》，用《离骚》来"洗尽秋江日夜潮"。

最后一句乍看上去很是费解，问题之一：江潮怎么"洗"呢？洗衣服、洗菜、洗澡，都是可以洗的，洗水可该怎么个洗法？问题之二：就算水也可以被洗，可难道能拿《离骚》来洗吗？用《离骚》去洗江潮，这不会比用肉包子去打狗更有效果吧？

答案很简单：所谓"秋江日夜潮"，即是心潮澎湃之"心潮"。

这首小令别看短小，所有意象都不是凭空而来的，诸家注本往往忽略平凡无奇的前两句而不加解释，其实，对这首词来讲，《离骚》是一个主题，全部句子都在围绕着这个《离骚》。明白了这个主旨，我们重新再看一下：

"西风一夜剪芭蕉，满眼芳菲总寂寥"，这也许是写实，也许不是，这个景象正是《离骚》的一个主要意象："众芳芜秽，美人迟暮。"接下来"强把心情付浊醪"，容若去借酒浇愁了，这也和《离骚》有关吗？当然有关，只要联系下一句的"读《离骚》"，就知道这里的关系何在了。

古人喝酒、读书，有两个很著名的典故，一是"《汉书》下酒"，和《汉书》有关，这里不讲，另一个就是"痛饮酒，熟读《离骚》"。一般只要一说喝酒，如果接下来要说读书的话，读的这个书往往不是《汉书》就是《离骚》，这已经是文人传统中固定的文化符号了。

"痛饮酒，熟读《离骚》"出自《世说新语》。有人解释什么才叫"名士"，说："其实名士也没啥，不一定要有什么了不起的本事，只要平常没事的时候痛饮酒、熟读《离骚》，就可以被称为名士了。"这话也许带几分调侃的味道，也许独显清高，但无论如何，我们从中可以看到饮酒、《离骚》与魏晋风度之间的一种普遍联系。其中含义是：以狂放的态度来浇心头块垒，而《离骚》本身的意象则是：高才之人郁郁而不得志。而"浇心头块垒"的这个"浇"字也就是容若词中的"洗"，或者是"消"。金代词坛大家蔡松年有一首《大江东去》，开篇便是"《离骚》痛饮，笑人生佳处，能消何物"，正可以和容若"读《离骚》，洗尽秋江日夜潮"一句并观。

诸家注本多说这首小令表达出容若有着高远的政治抱负，在政治上不甘寂寞。这也许属实，但就文本来看，也许是过度阐释了。这首词在字面上可以说是一篇《离骚》微缩版，所表达的意思是：众芳芜秽，美人迟暮，借酒浇愁，心潮翻滚。至于"愁"究竟是什么，翻滚的"心潮"究竟是什么，究竟是政治抱负，还是词学抱负，还是天性不得舒展的苦闷？或者仅仅是受了一时一事的委屈？这一切，如鱼饮水，冷暖自知，我们如果都能猜得那么准确，容若的词集也就不会叫作《饮水词》了。

二十四

［于中好］

独背斜阳上小楼。谁家玉笛韵偏幽。一行白雁遥天暮，几点黄花满地秋。

惊节序，叹沉浮。秾华如梦水东流。人间所事堪惆怅，莫向横塘问旧游。

"独背斜阳上小楼"，一开场先摆 pose（架势），画面里，容若独上小楼，背后是红红的斜阳，很有气氛，接下来是用音乐进一步烘托气氛："谁家玉笛韵偏幽。"不知道哪里传来的背景音乐，是笛子曲，韵律幽幽。

八卦一下：容若独上小楼，听到"谁家玉笛"，也就是说，他并没有看见那个吹笛子的人，那么，他是怎么能单靠耳朵听出来人家吹的是玉笛而不是竹笛或金笛呢？

容若有这么高的音乐素养吗？

答案是：这种耳音的辨识别说容若，就连笛子专家也很难做到，像"玉笛"这种词语，仅仅是源远流长的一种诗人语言——比如，同样听到不知从哪里传来的笛子声，如果你想表达君子情怀，那就说"玉笛"；如果你想表达乡野之情，那就说"竹笛"；如果你想表达豪客沧桑，那就说是"铁笛"；如果你写武侠小说，那就写成"金笛"少年。

只有笛子是真的，那些玉、竹、铁、金一般都只是诗人为塑造意境而主观加上的修饰，不可当真。就诗人们而言，这些修饰都是意象符号，是一种传统的诗歌语言。

接下来，容若已经在笛声的渲染下登上小楼了，在诗歌里边，主人公只要一登高（无论是高台还是高楼），往往就要感怀了。由登高而感怀，这也是一个相当有传统的诗歌套路。

登高之后，容若先写了一下登高之所见，即"一行白雁遥天暮，几点黄花满地秋"，天上一句，地上一句。天上是暮色沉沉，一行白雁在飞；地上是秋景萧瑟，几点黄花堆积。

白雁，比大雁体形略小，据说是纯白色的。白色的雁我们虽然很难想象，但唐诗里有"东溪一白雁，毛羽何皎洁"，宋词里咏白雁也有"冰魂问归何处，明月影中藏"，看来还真是白色的。

地上，几点黄花而已，并不是满地黄花，但容若却说"几点黄花满地秋"，这比"满地黄花堆积"更显得凄凉萧瑟，后者就好比一个人已经躺在血泊中喘息最后的几口气，前者却如一个人眼睁睁看着敌人的屠刀正在朝自己砍过来。

下片"惊节序，叹沉浮"，开始登高感怀了，季节代谢，人生沉浮，总是惹人伤感，"秋华如梦水东流"，好事情总是才一来到就马上消失了，像梦一样容易破灭，像河水东流一样不可逆转。

"水东流"在诗歌意象里一般有这样几种含义：一是不以人的意志为转移，二是不可逆转。李煜词"自是人生长恨水长东"，很无奈，很无助，人的一生无法摆脱命运，就像电影里的人物无法摆脱剧本。我们看电影的时候，随着剧情的发展而喜怒哀乐，而揪心着急，其实冷静下来一想，我们也知道这些故事早就在电影胶片里被安排好了。李煜和容若他们有时候就像电影里的人物突然有片刻的灵光一闪：哎，我不会只是一个电影人物吧？

"人间所事堪惆怅，莫向横塘问旧游"，化自曹唐诗"人间何事堪惆怅，海色西风十二楼"，容若换"何事"为"所事"，比较难解，有注本说"所事"即事事，很多事，钟继先（锺嗣成）有"所事堪宜，件件可咱家意"，看来这个词大概是从元曲里来的俗语。

横塘，较难解。若按地名讲，南京和苏州都有横塘，若按泛指讲，诗人语言里和这个词有关的一般都涉及男女情事。有注本说这首词是容若怀念南方友人，也讲得通。以横塘代指江南，也说得过去。如果这是怀人之作，那么"人间所事堪惆怅，莫向横塘问旧游"意思就是：南方的老朋友啊，人生有太多的事情需要发愁，我还是省点心别去惦记你好了。

当然，这是在说反话，实际上的意思是：南方的老朋友啊，你看，我有这么多的事情需要发愁，可我还是很惦记你呀。

二十五

［于中好］

雁帖寒云次第飞。向南犹自怨归迟。谁能瘦马关山道，又到西风扑鬓时。

人杳杳，思依依。更无芳树有乌啼。凭将扫黛窗前月，持向今宵照别离。

这是一篇相思之作，但格调上不是缠绵婉转的相思，而是萧瑟清冷的相思。

"雁帖寒云次第飞，向南犹自怨归迟"，帖，即贴，大雁贴着寒云，成行飞翔，既在说雁飞之高，凸显空旷寥廓的意象，又在点明季节：秋天来了，北雁开始南飞了。在诗词里边，大雁一出现，通常有两种表达：一是回家，二是通信。如果诗人笔下出现的不是一群大雁而是一只大雁，意思也是很明确的：离群。所以，"雁帖寒云次第飞"，第一句一出现，读者基本就可以推测出全词的主题：想家了。

大雁们这时候也在想家，想念南方的家园。但是，它们一边飞，一边在生闷气，气的是"犹自怨归迟"——早就该往南飞了，偏偏这么晚才出发，这要什么时候才能飞到南方呀，冷死了！

大雁生闷气，容若是怎么知道的呢？容若也不知道，他是在借大雁之口生自己的闷气：大雁都嫌南归晚了，可我呢，我的腿脚比大雁更慢，什么时候才能回家呢？"谁能瘦马关山道，又到西风扑鬓时"，这就是由大雁写到自己，马，不是骏马，而是瘦马；道路，不是坦途，而是关山道；季节，不是春意盎然，而是秋风萧瑟。这就是在堆积意象，以意象来表达情绪。

再来八卦一下：以容若的身家，不至于只骑一匹瘦马吧？他要真是想家想得厉害，弄一匹骏马加快速度应该是很容易的事啊！但是，就算他骑的是骏马，恐怕也得说成瘦马，这实在是被诗词意象束缚住的，好比陆游的名句"此身合是诗人未，细雨骑驴入剑门"，其中哪个词都是没法换的，那么，抛开平仄不谈，换换试试：假如是"细雨骑马入剑门"，感觉不对；假如是"大雨骑驴入剑门"，感觉也不对；假如是"细雨骑驴入保定"，感觉更不对。

所以在诗词当中，即便是名词，所传达的讯息也绝不仅仅是事物的名义本身，而是相关诗人的情感，所以词语的搭配是非常讲究的。"细雨骑驴入剑门"和"细雨骑驴入保定"在名词的意义上并无不同，但在情感意义上却天差地别。

"人杳杳，思依依。更无芳树有乌啼"，下片继续堆积意象：人，不是亲近，而是杳杳；思，不是欢快，而是依依；景物，没有漂亮的树，只有难听的乌鸦叫。但是，这还是容若途中的所见所想吗？

已经不是了。下片转折，换到了被思念者的视角，和上片构成了一个对应结构。上片是征人，下片是思妇；上片是征人的归家路，下片是思妇的遥相思。到了最后两句，容若天才的手笔用月亮——共同的月亮——把征人和思妇从遥远的两地牵连起来，这便是"凭将扫黛窗前月，持向今宵照别离"。

扫黛，即画眉，代指家中的思妇；凭和持都是动作，动作的主语是谁呢？只能是老天爷。也就是说，今宵这同一个月亮，照在思妇的窗前，也照在征人的路上。两处望月，一念相思。

这首小词，手法堪称巧妙，层层递进翻转，最后以月牵和，相思深处，婉转动人。

二十六

［于中好］

别绪如丝睡不成。那堪孤枕梦边城。因听紫塞三更雨，却忆红楼半夜灯。

书郑重，恨分明。天将愁味酿多情。起来呵手封题处，偏到鸳鸯两字冰。

仍是思念。诗歌的永恒主题。

人生为什么会有很多的缺憾，很多的伤痛，很多的别离，也许就是为了创造美吧。如果有情人终成眷属，如果世界上只有团圆和欢乐，人类世界大概就不会出现艺术了。

　　艺术中的美，往往是现实中悲剧的升华。茉德·冈曾对叶芝说："世人应该为我一直拒绝你的追求而心生感激。"同样的道理，也许我们该为容若生活中那么多的别离、那么多的错位而心生感激，虽然这样的想法很不厚道。

　　首句"别绪如丝睡不成"，化自梅尧臣"别绪如丝乱"，别后情怀最难堪，寤寐思服，辗转反侧，但这还不算最难过。最难过的是"那堪孤枕梦边城"，孤零零地躺着，在"梦边城"。

　　"梦边城"殊为难解，按照常规的句法，这应该是说"梦见边城"，但联系后文，这里却应该是"梦于边城"。容若此刻正在边塞公干，孤枕难眠。

　　"边城"是个富于诗意的字眼，我们会想到沈从文，会想到边城浪子，会想到那里风景迥异、人情各别，远离繁华，僻居一隅，有一个个的过客，有一支支的商队，别样风情，让人着迷。这就是词语的幻觉力量。

　　是的，词语是会创造幻觉的，这也正是语言的魅力之一。试想，如果换一个词替代，改为"边塞"或者"边疆"，感觉就一下子不一样了。边城，边疆小城，如果实际生活在这里，感觉就更不一样了。在诗人华兹华斯最为着迷的英国湖区，大侦探波洛深一脚浅一脚地缓慢移动着，咧着嘴说："我承认这里风景优美，但只要来几个画家把这里的风景画下来，供我们在美术馆和客厅里欣赏也就够了，我们付钱给这些画家不就是为了这个吗？"

好了，画家代替我们来到了泥泞难行的湖区，容若代替我们来到了"充满诗意"的边城，在这个边陲之地，他越发思念家乡远人，越发难以入睡。美国大兵在外国战场上，在枪林弹雨的间歇，拿出未婚妻的照片翻来覆去地看着……电影里常有这样的镜头，但没见过哪个大兵因此写过什么诗词。

如果他们真的动笔来写的话，也许会这样写：半夜里，听着掩体外边的雨声，不知怎么，心却回到了家乡，回到了未婚妻的小楼下边，看着楼上白色的窗帘微微透出浅黄的灯光。夜深了，她还没睡，她一定也在想念我吧？把这些意思用传统诗词表现出来，也就是容若下边这句"因听紫塞三更雨，却忆红楼半夜灯"。

紫塞，即边塞，语出鲍照《芜城赋》："北走紫塞雁门。"紫塞原本应该是确有其地，就在雁门关附近，但后来便被诗人们用来泛指边塞了。雁门关曾经是边塞之地，但在容若所处的这个时期，实际意义上的雁门、紫塞都已经算是内地了。

另外的说法也有，比如秦朝筑长城土色发紫，汉代关塞也有这种情况，所以边塞也称紫塞。也有说长安土色发紫，所以紫塞指代长安的，这一解至少在这里肯定是不成立的。

下片"书郑重，恨分明"，化用李商隐"锦长书郑重，眉细恨分明”。李商隐的原诗是一首《无题》：

照梁初有情，出水旧知名。

裙衩芙蓉小，钗茸翡翠轻。

锦长书郑重，眉细恨分明。

莫近弹棋局，中心最不平。

　　这首诗的背景是李商隐新婚不久，在仕宦旅途上遭遇了不公正的待遇。诗的前四句是描写妻子王氏之美，后四句很传神地写出了妻子对自己的深切关心以及为自己所遭受的不公而愤愤不平。容若截取“书郑重”“恨分明”二语，语义有些让人迷惑，大概是要把我们引向李商隐的原诗也说不定。至于引到李商隐原诗的哪一步，这就真是不好说了，也许只是引到“妻子对丈夫的关切和命运与共”这一层；也许容若仅仅是断章取义，是说自己正在给她写信，写得郑重其事，相思之恨也甚是分明；也许这个“书”是指自己收到的书，“恨”是指书信里的恨；也许，还有什么更深的含义……无论如何，这都属于“如鱼饮水，冷暖自知”的事了。

　　接下来“天将愁味酿多情”，真是无限多情的一笔，把“愁”和“多情”用“天”关联了起来，是说“愁”和“多情”就是天生的一对。我现在很愁，因为我对你多情；我对你多情，所以搞得我很愁。一个“酿”字，更显匠心。

"起来呵手封题处，偏到鸳鸯两字冰"，以一个小细节、小动作作为收尾，愈显巧妙。封题，是古代书札封口处的签押。容若辗转反侧，终于还是按捺不住思念，起来写信，写好后，因为天冷，所以呵着手给信笺签押，偏偏签押到鸳鸯两字的时候毛笔的笔尖被冻住了。

"偏到鸳鸯两字冰"从字面看，可以存在好几种解释，至于"鸳鸯"，明显比较奇怪：在书信封口上签押，为什么是签"鸳鸯"两个字呢？也许有什么特殊讲究，也许这只是寄信人和收信人的名字吧？那个"冰"字，可以理解为手，可以理解为毛笔，字面上都讲得通，但真正"冰"的那个应该是心才对。

边城的冬天，滴水成冰，思念是远远的，心里也冰——到底什么时候才能相见呢？

二十七

［于中好］

十月初四夜风雨，其明日是亡妇生辰。

尘满疏帘素带飘。真成暗度可怜宵。几回偷拭青衫泪，忽傍犀奁见翠翘。

惟有恨，转无聊。五更依旧落花朝。衰杨叶尽丝难尽，冷雨凄风打画桥。

十月初五是卢氏的生日，而眼下正是初四的晚上，等明天天亮，本该是个欢乐的庆典，但这欢乐却已经永远地随她而去了。

夜已深沉，窗帘上落满尘土，风儿静静地吹了进来，只见素带飘动——这是唯一的"动"，除此之外，世界一片死寂。这个夜晚，真的就要这样伤痛地度过吗？

"尘满疏帘素带飘，真成暗度可怜宵"，初四之夜，不但是个"可怜宵"，还要"暗度"，自是凄凉孤寂之意。

"可怜"，古人一般用作"可爱"之意。"可怜宵"也是诗人们常用的语汇，比如宋词里有"短长亭外短长桥。驻金镳。系兰桡。可爱风流年纪可怜宵"，这个"可怜宵"是和"风流年纪"并列而言的，想容若和卢氏此时，也正是风流年纪，而本是最当珍重的一个晚上却只有容若一人孤单度过了。对照宋词里"云鬓风前绿卷，玉颜醉里红潮。莫教空度可怜宵。月与佳人共僚"，那边叮嘱是"莫教空度可怜宵"，这边现实是"真成暗度可怜宵"，又该是怎样一番感触？

注意一下这两句里的词语意象：窗帘是"疏帘"，这是竹帘，编得比较稀疏；带是"素带"，强调"素"的意象，"飘"字给了一个很重要的动作；尘土的意象也很重要，疏帘许久没有打扫了，所以"尘满"。营造出来的整体感觉是：物是人非，人去楼空，往事尘封。

那么，这是不是写实呢？其实还真很难说。想一想，以容若的显赫家世，明珠家大少爷和大少奶奶的房间竟然没人打扫，任凭"尘满疏帘"，这实在很难想象。这大约就是诗人之言吧？如果明珠看到这首词并且当真的话，管家恐怕就要下岗了。

"几回偷拭青衫泪，忽傍犀奁见翠翘"，容若在这个寂寥的夜晚，好几次想起妻子，总要偷偷地抹上几回眼泪，忽然看见妻子的梳妆盒旁边躺着一支翠翘，更不由得睹物思人。

犀奁，女子的梳妆盒，高级的有犀牛角为装饰，所以称为犀奁。翠翘，见前边讲过的"拾得翠翘何恨不能言"。

这又是两句诗人之言。在这个场景里，容若一个人夜不能寐。但他不睡，别人未必都陪着他不睡。屋子里只有他一个人沉思往事，所以流泪也就流泪了，犯不上"偷偷地抹去眼泪"，又没人看。杜荀鹤有诗"惟知偷拭泪，不忍更回头"，这才是"偷拭泪"的实景描写，和"偷拭泪"对应的是"不忍更回头"。杜荀鹤的诗题是《别舍弟》，这是兄弟二人分别的场面，伤心伤别，又不想让自己的伤心被对方看到以增加对方的伤心，所以才"惟知偷拭泪，不忍更回头"。这个"偷"的动作，在杜诗为实笔，在容若的词中恐怕就是虚笔了。"偷"作为一个符号意象，所传达的一个意思是：情何以堪。

"惟有恨，转无聊。五更依旧落花朝"，夜不能寐，转眼已是五更天，马上就要天亮了。"落花朝"即落花时节的早晨。十月初五不是落花时节，五月才是。卢氏之死正在五月。容若由妻子的生辰想到忌日，"依旧"二字无限悲伤：说到底，妻子也不可能死而复生，失去的便永远也回不来了，以后的每一天都是一个落花朝呀。

"衰杨叶尽丝难尽，冷雨凄风打画桥"，最后两句以景语作结，"衰杨"不是杨树，而是柳树（前文讲过），"丝"谐音"思"，这是诗人们很常用的一个谐音双关。"衰杨叶尽丝难尽"如果用我们熟悉的大白话表达就是：卢氏虽然死了，但她永远活在我的心中。

二十八

［于中好］

小构园林寂不哗。疏篱曲径仿山家。昼长吟罢风流子，忽听楸枰响碧纱。

添竹石，伴烟霞。拟凭尊酒慰年华。休嗟髀里今生肉，努力春来自种花。

容若，生长于深宅大院，消磨于金銮玉辇，过的是人见人羡、锦衣玉食的生活，但人生之所谓幸福始终是一种主观的东西，熊猫眼里的竹林天堂在老虎眼里仿如大漠戈壁。人和人的相知便也因此总是困难的，以己度人悠然以为自得，却往往差之千里，只暴露了自己的小人之心。只有同类才可以理解同类，只有容若才能理解贾宝玉对林妹妹的爱，而焦大则不能。同声相应，同气相求，狮子寻找狮子，猴子寻找猴子，但熊猫寻找熊猫总是困难的，毕竟是珍稀物种嘛。焦大的世界里可以很容易地找到一万个焦大，但贾宝玉的世界里却很难找到三五个贾宝玉。

容若在深宅大院里，金銮玉辇旁，在锦衣玉食边，因错位而寂寞，因失群而孤单。他渴望自己的一栋红楼，即便在现实生活中无处可觅，也要在精神世界里构建一处。

精神世界虚拟的快乐总想被落到实处。

容若当真在自家的宅院里找了一处地方，在这个京城之中数一数二的豪宅里边按照自己的设想建造了一处茅屋。尽管这在我们看来就仿佛一些超级富豪的探险之旅——虽然舍繁华而就荒漠，身边却时刻享有一对一的贴身服务，即便到了阿尔卑斯山的山顶，也会有人在一清早就在帐篷外边支好桌椅，备好专门烹制的精美早餐，但是，这毕竟是人的精神追求，令人钦佩，也令人艳羡。

年轻的容若并不知道，如果当真让他失去了现在的家世，即便他真能拥有最让自己心满意足的渔村蟹舍，但诸如上不起学、看不起病这样的现实烦恼也将会很快地抹杀他对那个渔村蟹舍的审美情趣，将会使他的诗词情怀变成生命中无法承受之奢侈，尤其是，作为一个底层百姓却可以不失尊严地生活，这实在太有难度了。你虽然不必再去摧眉折腰事权贵，但这只是因为你身份太低贱，和权贵们打不上交道而已。

"小构园林寂不哗。疏篱曲径仿山家"，山家，就是山里人家，而"仿山家"，这个山野情调毕竟是在朱门之内被仿制出来的，因为假，所以美。很多事情都是这样，比如文学意象里的牧羊女，还有白云般的羊群，听上去只觉得纯洁美丽，让人浮想联翩。而事实上，羊群的味道绝不逊于猪圈，即便在百米之外，其杀伤力也足以抗衡任何一位武林至尊的绝代气场；羊群所过之处更是一片狼藉，它们边吃边拉，粪便可以绵延数里。

但我们还是多想想美丽的意象吧，当然容若也是。容若最喜欢去的一个地方是北京西直门外的一处小楼，那里小楼独立，野趣盎然，远望有重峦叠嶂，近观有麦田农舍，或有鸭嬉，时见鹤翔。容若喜欢在这里和好友们相聚，甚至登上小楼之后撤去楼梯，不许旁人打扰。一天，夕阳西下，容若和顾贞观在此登临，感而赋诗道：

朝市竞初日，幽栖闲夕阳。

登楼一纵月，远近青茫茫。

众鸟归已尽，烟中下牛羊。

不知何年寺，钟梵相低昂。

无月见村火，有时闻天香。

一花露中坠，始觉单衣裳。

置酒当前檐，酒若清露凉。

百忧兹暂豁，与子各尽觞。

丝竹在东山，怀哉讵能忘。

这首五言诗里，有多少陶渊明的味道！"众鸟归已尽，烟中下牛羊"，这样的黄昏景致，又岂是朱门大院里能够看得到的？这首诗题为《桑榆墅同梁汾夜望》，梁汾，是顾贞观的号；桑榆墅，就是这里的名字，这里是容若家的一处郊外别墅。

"小构园林寂不哗，疏篱曲径仿山家"，在这样的山家里都做些什么呢？是"昼长吟罢风流子，忽听楸枰响碧纱"，"风流子"是词牌名，这里特地用《风流子》这个词牌，一是取其字面之义，容若在这里自是风流快活，乐趣多多；二是以词牌名代指诗词，意思是说，白天在这个"山家"里和朋友们联诗填词，一玩就是一整天。白天是这样过的，到了晚上，就下棋取乐——"楸枰"即棋盘，古时候的棋盘多用楸木所制，所以也称之为楸枰；碧纱即碧纱窗，这都是诗词当中常用的意象，这句是说：到了晚上，从外面可以听到碧纱窗里边棋子落于楸枰的响声。

　　"添竹石，伴烟霞。拟凭樽酒慰年华"，下片更闲，竹石、烟霞，都是文人雅士的园林之乐。如果较真的话，竹子和烟霞倒还好说，石头可是相当贵重的东西，装点园林多用太湖石，一块太湖石，十户中人赋，不是一般人玩得起的。当然，这毕竟是诗人之言，不能字字较真的，就像"拟凭樽酒慰年华"不能理解为容若是个高阳酒徒一样。

　　"休嗟髀里今生肉"，这是一个大家都知道的典故：刘备依附刘表之时，有一次见自己大腿上长的肥肉，不禁感慨唏嘘，叹自己老之将至而功业未建。容若反用其意，说髀里生肉又有何妨，男儿在渔村蟹舍之中闲适一生不也很好吗，还是"努力春来自种花"，尽情享受田园之乐吧。

　　能在别墅里悠然享受隐者之乐，对于容若而言，自然是不得已而求其次的无奈，对于我们大多数人来说，却是奋斗一生也未必能踏入院门的天堂。世界从来都是这么不公平的，有什么办法呢？

二十九

[于中好·送梁汾南还，为题小影]

握手西风泪不干。年来多在别离间。遥知独听灯前雨，转忆同看雪后山。

凭寄语，劝加餐。桂花时节约重还。分明小像沉香缕，一片伤心欲画难。

这是一篇送别之作，送的是顾贞观。当时，顾贞观正在京城，逢母丧欲南归，容若欲留不得，更想到和顾贞观虽然心心相印，却聚少离多，此番又将长别，越发难舍。

　　"握手西风泪不干"，劈头便是一派伤别景象，这伤别却不是小儿女的临歧泪沾襟，而是男人之间的萧瑟与苍凉。握手、西风、泪不干，这只是几个再平常不过的字眼，组合在一起却以天然之工营造了极富感染力的氛围。

　　握手，我们一般以为是西方传来的礼节，中国以前是没有的，其实，中国古人也握手的，只是他们的握手并不作为一种社交礼仪，而多是离别与重聚时的真情流露的动作——李白有诗"握手无言伤别情"，杜甫有诗"万里相逢贪握手"，柳永那首著名的《雨霖铃》里边的"执手相看泪眼"，执手也就是握手，这些握手，不是离别，便是重逢。

　　"握手西风泪不干，年来多在别离间"，这两句既是因果，也是递进，知心人难得聚首，陌路人天天面对，这样的日子确实难过。"遥知独听灯前雨，转忆同看雪后山"，这两句转而描述具体场景，前一句是虚拟未来，后一句是回忆过去——我在京城，遥想你独对孤灯，凄凉听雨，忽然回想起当初我们一同雪后看山的快乐日子。

　　这又是诗歌当中的一个套路：拟境出"你"的孤独，来表达"我"的孤独。也就是说，容若的意思是：在你离去之后，我很孤独。但容若表达这个"我孤独"的意思时却用到"你孤独"的拟境手法。杜甫的"香雾云鬟湿，清辉玉臂寒"就是运用这一手法的名句。

　　"独听灯前雨"，一个人，在灯下，窗外是雨声，这是一个孤单凄凉的意象——这一句是化自唐代司空曙的名句"雨中黄叶树，灯下白头人"，司空曙的这一句诗从此便给"孤灯听雨"定下了一个调门。

"凭寄语，劝加餐"，下片转折，从伤感转为关切，这句化自王彦泓"欲寄语，加餐饭。难嘱咐，凭鱼雁"，更古老的源头能在汉魏找到，如"长跪读素书，其中意何如：上言加餐食，下言长相忆"，还有"思君令人老，岁月忽已晚。弃捐勿复道，努力加餐饭。"都是思念、叮嘱、关切的意思。加餐饭是个非常朴素的说法，就是劝人多吃饭，这种词汇真是汉魏风格，未经雕琢，质朴感人。

"桂花时节约重还"，这是容若与顾贞观相约，要顾贞观在桂花开放的时候重回北京。最后两句"分明小像沉香缕，一片伤心欲画难"，切题"送梁汾南还，为题小影"，小像即人物肖像，但这里有两说，一说是顾贞观的肖像，另一说是容若的肖像。那个年代没有照相技术，所以要靠画的，如果这里所说的小像是容若肖像的话，那它就是被顾贞观收藏在了无锡惠山贯华阁，在道光年间毁于火灾。现存的容若肖像只有一幅当时大画家禹之鼎的手笔，但大家还是不看为好，因为这幅画实在看不出他有一丁点浊世佳公子的样子，只是一个谦恭的小老头在没有透视关系的背景下以一个貌似沉稳的造型凌空坐着。

"分明小像沉香缕"，沉香，是从沉香木而来，前文已有介绍，这里泛指香气而已。小像和沉香的结合源于一个误读：李贺诗里有"沉香熏小像，杨柳伴啼鸦"，这个"小像"本是"小象"，是

elephant，是象形薰炉，和肖像没有任何关系。但讹误已久，也就约定俗成地成了典故，人们也真在摆放肖像的屋子里很古雅地焚上香了。

"一片伤心欲画难"，化自唐代高蟾诗"一片伤心画不成"。什么画得成，什么画不成，这在诗歌里是一个古老的话题了。高蟾这首诗，题为《金陵晚望》，是在晚上来眺望金陵这个六朝金粉地，兴起沧桑兴废之慨叹：

曾伴浮云归晚翠，犹陪落日泛秋声。
世间无限丹青手，一片伤心画不成。

诗是说金陵之地，风景可以画得出，但历史的苍凉兴废任再好的丹青国手也是画不出的——这话很有道理，但与之相反的话也一样有道理。后来真有人画了一组金陵兴废图，偏偏画的就是高蟾所谓"一片伤心画不成"的"伤心"，韦庄为这组图题了一首诗，直接反驳高蟾，说：

谁谓伤心画不成，画人心逐世人情。
君看六幅南朝事，老木寒云满故城。

沧桑也许画得成，但心情也能画成吗？或者说，能在多大程度上被画师画下来呢？唐彦谦的一首秋天的登高诗应该也是容若这一句"一片伤心欲画难"之所本：

> 松拂疏窗竹映阑，素琴幽怨不成弹。
>
> 清宵霁极云离岫，紫禁风高露满盘。
>
> 晚蝶飘零惊宿雨，暮鸦凌乱报秋寒。
>
> 高楼瞪目归鸿远，如信嵇康欲画难。

这就是所谓"更高层次的真理"：它是真理，自然是对的，但与之相反的说法同样是对的。而且还可以这样说：一种说法里边有可能同时表达着两种相反的含义。"分明小像沉香缕，一片伤心欲画难"，小像虽然有沉香熏陶，虽然被正式、恭敬地摆了起来，虽也有疗慰思念之用，但是，形容可画，伤心难画，我对你的情谊难画；而另一方面，我对你的情谊又是可以画得出的，因为，就算我的小像不是一个浊世佳公子，而是一个谦恭的小老头在没有透视关系的背景下以一个貌似沉稳的造型凌空坐着，但是我能肯定，当你每次看到我的小像的时候，都会感受到我对你的情谊。

朋友贵在知心，就是这样。

三十

［山花子］

风絮飘残已化萍，泥莲刚倩藕丝萦。珍重别拈香一瓣，记前生。

人到情多情转薄，而今真个悔多情。又到断肠回首处，泪偷零。

这首词从内容看，应该是一首悼亡词。

"风絮飘残已化萍"，这是杨花入水化为浮萍的传说，已在前文讲过，所传达的是"飘零无据"的意象，一个"已"字说明了这是完成时，更是回天乏力了。

"泥莲刚倩藕丝萦"，泥莲，就是泥中的莲花，这个词比较罕见，唐诗里有"泥莲既没移栽分，今日分离莫恨人"；倩，是请的意思，辛弃疾那首著名的《水龙吟》里有"倩何人唤取，红巾翠袖，揾英雄泪"，这一句大家都很熟悉了。泥莲和藕丝，表达相思萦怀、依依不舍的情绪。顺便一提，容若经常化用其成句的明代诗人王彦泓的一部诗集就叫《泥莲》。

"珍重别拈香一瓣，记前生"，这一句略微有些费解，从前边的杨花与浮萍、泥莲和藕丝来看，这里"别拈香一瓣"似乎是说分别之时两人手里各自拈着一片花瓣，等来生转世的时候就靠这个花瓣的标志来重续姻缘。有些注本就是这么解释的，但是，更可靠的解释是：这里的香，指的是烧香的香，这是和佛教背景有关的。

在佛教里，烧香是一件很要紧的事情，属于礼敬佛门的所谓"十种供养"之一，具有洁净身心、远离污秽的意义，香的种类和烧香的仪式都非常复杂，不是简简单单点一束香插在香炉里就算完了。

香的种类，有线香、末香等等，容若这里所说的"香一瓣"应该说的就是瓣香。瓣香是香中的极品，是把檀香木劈成小瓣做成的，所以被称为瓣香。因为瓣香的尊贵，所以后来被作为香的泛称，僧侣们无论烧的是什么香，都可以称之为瓣香，在烧的时候也往往会说"此一瓣香"如何如何。

"珍重别拈香一瓣"，这个"拈"字也表明"香一瓣"是瓣香而不是花瓣，因为，佛家有一个专门的说法叫作"拈香"。所谓拈香，并不能望文生义地理解为手里拈着一支香，而是"烧香"的意思。

佛门讲拈香的时候，意思就是烧香。

　　容若伤情伤世，心向佛门，焚香读经，甚至自号为楞伽山人，许多词作都带着浓浓的出尘色彩，这一首悼亡，便掺杂了佛家语言。所以，"珍重别拈香一瓣，记前生"，这是明知今生已矣，但求来生，以心香一瓣为记，但愿前缘可续、并蒂重开。

　　"人到情多情转薄，而今真个悔多情"，这是容若的一个名句。情，是容若词作中、生命中的一个永恒主题，他似乎永远是为情而生、为情而伤的。容若有一方闲章，章上四个字就是"自伤情多"。这里似乎在说情太多了便物极必反，如今也开始后悔当初的多情，但表面如此——这是容若的真心话吗？当然不是，只是他的自我开解而已，因为下边马上就是多情得无法自拔的句子："又到断肠回首处，泪偷零。"

　　多情和无情，有时候乍看上去难以区别。唯其多情，恰似无情，这样的感触早在杜牧的时候就已经有了：

　　　　多情却似总无情，唯觉樽前笑不成。
　　　　蜡烛有心还惜别，替人垂泪到天明。

　　人已无情，所以由蜡烛来替人垂泪。明知情深不寿，却依然义无反顾。人和人毕竟不同，宝玉的那些心思，焦大们总是猜错。只有情挚的人，才能够理解情挚的人。

三十一

［山花子］

林下荒苔道韫家。生怜玉骨委尘沙。愁向风前无处说，数归鸦。

半世浮萍随逝水，一宵冷雨葬名花。魂似柳绵吹欲碎，绕天涯。

　　这首词，有人认为是悼亡之作，但至少表面看上去也像一首咏物词，至于咏的是什么，也许是雪花，也许是柳絮，迷迷蒙蒙，说不大清。

　　"林下荒苔道韫家"，句子开头的"林下"二字，看上去绝不像是典故，很容易被忽略过去，其实，这正是谢道韫的一则逸闻：谢遏和张玄各夸各的姐妹好，都说自己的姐妹是天下第一，当时有个尼姑，与他们的姐妹都打过交道，于是被人问起："到底谁更好呢？"尼姑说："谢姐姐神情散朗，有林下之风；张妹妹清心玉映，是闺房之秀。""林下之风"是说竹林七贤那样的风采，"林下"一词就是这么来的，那位谢姐姐正是谢道韫。

谢道韫在诗词中的两个有名的意象分别是一重一轻，重的那个是和下雪有关：有一天谢家的众人在庭院中赏雪，谢安忽然问道："这雪花像什么呢？"谢安哥哥的儿子谢朗抢先回答道："就像往天上撒盐。"众人大笑，谢安的侄女谢道韫答道："不如比作'柳絮因风起'更佳。"仅仅因为这一句"柳絮因风起"，谢道韫便在古今才女榜上雄踞千年。从这层意思上说，容若写"林下荒苔道韫家"，或许和雪花有关，或许和柳絮有关。

轻的那个，是从谢道韫的姓氏引申的"谢娘"，可以作为对才女的代称。从这层意思上说，容若写"林下荒苔道韫家"，或许是在怀人。

歧义仍在，究竟确指什么呢？下一句"生怜玉骨委尘沙"不仅没有确认前一句中的歧义，反倒对每一个歧义都可以做出解释。生，这里是"非常"的意思，而"玉骨委尘沙"既可以指女子之死，也可以指柳絮沾泥，或者是雪花落地。前一句里留下来的三种歧义在这里依然并存。

"愁向风前无处说，数归鸦"，点明愁字，而"归鸦"在诗歌里的意象一般是苍凉、萧瑟。乌鸦都在黄昏归巢，归鸦便带出了黄昏暮色的感觉，如唐诗有"斜阳古岸归鸦晚，红蓼低沙宿雁愁"；若是离情对此，再加折柳，那更是愁上加愁了，如宋词有"柳外归鸦，点点是离愁"，有"长亭柳色才黄，远客一枝先折。烟横水际，映带几点归鸦"。归鸦已是愁无尽，前边再加个"数"字，是化用辛弃疾"佳人何处，数尽归鸦"，更显得惆怅无聊。

"半世浮萍随逝水，一宵冷雨葬名花"，下片开头是一组对句，工整美丽。上句是柳絮入水化为浮萍的传说，而"半世"与"一宵"的对仗，时间上一个极长，一个极短，造成了突兀陡峭的意象；推敲起来，"半世浮萍随逝水"似乎是容若自况，"一宵冷雨葬名花"则是所咏之人或所咏之物。我，半生如浮萍逝水，不值一提；你，名花国色，却毁于一宵冷雨。这种对比，如果换作大白话，就是：该死的总也不死，不该死的眨眼间就挂了；如果说得抒情一些，就是：困顿旅人的脚步一年年无法停歇，璀璨的迷蒙的樱花弹指间便已凋落。

末句"魂似柳绵吹欲碎，绕天涯"，化自顾夐词"教人魂梦逐杨花、绕天涯"，却明显比顾词更高一筹，以柳絮来比拟魂魄，"吹欲碎"双关心碎，"绕天涯"更归结出永恒和漂泊无定的意象，使情绪沉痛到了最低点。

三十二

［山花子］

欲话心情梦已阑。镜中依约见春山。方悔从前真草草，等闲看。
环佩只应归月下，钿钗何意寄人间。多少滴残红蜡泪，几时干。

刚想诉说心事的时候，梦却结束了，睁开眼睛，在镜子里隐约
看到你的样子。突然感到悔恨，从前在一起的日子竟然就那么等闲
而过，从前你在我身边的时候我竟然那么不懂得珍惜。你旧时的首
饰为何没有带到天上，为何还要留在人间呢？为何总让我睹物思人，
不能自已？蜡烛还在烧着，还在流泪，何时才能流干它的眼泪呢？

这首《山花子》用现代语言来讲，就是这个样子，虽然明白清楚了些，美感却也消失掉了。从意思来看，这该是一首悼亡词。

"欲话心情梦已阑"，这句化自辛弃疾《南乡子·舟中记梦》的"别后两眉尖。欲说还休梦已阑"，辛词正巧也是记梦，也是话未说而人已醒，容若埋怨勾起他睹物思人的那些钿钗环佩，辛弃疾埋怨的是那"不管人愁独自圆"的前夜的月亮：

> 欹枕橹声边。贪听咿哑聒醉眠。变作笙歌花底去，依然。翠袖盈盈在眼前。
>
> 别后两眉尖。欲说还休梦已阑。只记埋冤前夜月，相看。不管人愁独自圆。

辛词写梦中思念之人，用的是"翠袖"；容若写梦中思念之人，用的是"春山"，虽然用词不同，但手法都是一样的。

春山在诗词里有好几种意象，这里是形容女子的眉毛。最早的出处也许是卓文君的一段逸事，她的眉毛被形容为"如望远山"。这真是一个绝妙的比喻，比柳叶眉之类的形容强过百倍，让人想得出却想不清，让人能够领略其美却无法具体勾勒。后来，眉和山的关系便被牢固地建立起来了，诗词里常用的语言便有"远山""春山""远山长""春山翠"等等。这些词，如果不了解背景的话，很难想到都是在形容眉毛，而由此指代美女——这才是在真正地描绘"美眉"呀。

欧阳修有一首小词，题目就叫《眉意》：

清晨帘幕卷轻霜。呵手试梅妆。都缘自有离恨，故画作远山长。思往事，惜流芳。易成伤。拟歌先敛，欲笑还颦，最断人肠。

女子的眉毛为什么要画作远山长呢？因为"离恨"。这便是诗人先以虚代实，又以虚作实来生发独特的议论，构思大见巧妙。容若这句"镜中依约见春山"如果换个韵，改作"镜中依约远山长"，也许含义会更深些吧？

"方悔从前真草草，等闲看"，这一句大约化自彭孙遹"草草百年身，悔杀从前错"，便如"当时只道是寻常"的意思一样，总要在失去之后才懂得珍惜，这个道理早已经是老生常谈了，但同样的错误人们还总是去犯。这就好像几乎每个长大的人都会根据切身的教训告诫中学生不要早恋，但中学生们到了花季雨季，该发生的还是一样会发生……

下片对句益发沉重，"环佩只应归月下，钿钗何意寄人间"，上句用杜甫《咏怀古迹》五首之三的"画图省识春风面，环佩空归月夜魂"，是过昭君村而吟咏昭君之作；下句用白居易《长恨歌》"唯将旧物表深情，钿合金钗寄将去"，是杨贵妃死后，方士为之招魂，"上穷碧落下黄泉"，终于得见，杨贵妃取金钿钗合，合析其半，让方士转交唐玄宗以念旧好。容若用这两个典故，反用其意，说旧时故物何必再见，徒然惹人伤感，不能自拔。这样的话，自是"人到情多情转薄，而今真个悔多情"，愈见沉痛。这两个典故同时还点明：伊人已逝，心期难再。词义到此而明朗，自是为卢氏的悼亡之作无疑。

末句"多少滴残红蜡泪，几时干"，明说蜡烛流泪，实指自己流泪；明问蜡泪几时干，实叹自己的伤痛几时能淡。词句暗用李商隐的名句"蜡炬成灰泪始干"，所以，问蜡泪几时干实属明知故问，容若明明知道蜡烛要等到成灰之时泪才会干，也明明知道自己要等到生命结束之日才会停止对亡妻的思念。

三十三

［山花子］

昨夜浓香分外宜。天将妍暖护双栖。桦烛影微红玉软，燕钗垂。

几为愁多翻自笑，那逢欢极却含啼。央及莲花清漏滴，莫相催。

诗词之道，想来愁易写、乐难抒，最极端的情况就是所谓"国家不幸诗家幸，赋到沧桑句便工"。但不幸或幸运的是，国破家亡的事情并不是人人都能赶上的，那可写什么呢？无非是爱恨情愁、悲欢离合。可是，如果就连爱恨情愁、悲欢离合都少，日子实在太过平淡舒坦，又该写些什么呢？还有一条路：闲愁。

快乐的人生是一种不完满的人生，一个人如果总是要什么有什么，就很可能会偏偏看着那些得不到的。于是，富贵少年的失恋有时候就变成了一种审美活动，失恋的过程让他们如此心痛却又如此享受。人在水深火热之中自然向往平安快乐的日子，但在平安快乐的日子里，又会追求适度的"求而不得"，以及由此带来的适度惆怅与失落。

从这个意义上说，人生似乎永远都是不完满的，一旦达到完满却又渴求缺憾。愁，是人的一种本能需求，仅次于吃饭睡觉。

快乐很少会比烟花更持久，艺术作品中的快乐也很少会像哀愁那样得到人们的共鸣。快乐的意义往往是短暂的放松，而哀愁的意义却是深刻的感动。在一部美国的老电影里，一位失业女工用掉最后的钱买了一张电影票，这个情节对那位女工而言，是在最难过的时刻用尽最后的钱去换来片刻的快乐，而对于观看这个情节的电影观众来讲，这场观影活动正是一个"寻愁"的过程。

好了，偶尔也应该快乐一下，我们就在容若许许多多情深恨切的作品里看看这一首或许缺乏感染力的快乐小词吧。

一般认为这首词是写新婚，而且是在新婚的第二天来回忆"昨夜"。"昨夜浓香分外宜，天将妍暖护双栖"，已经很香艳了，接下来还要继续香艳下去："桦烛影微红玉软，燕钗垂。"

如果不熟悉典故的话，恐怕很难看出这首词应该属于十八禁之列。

桦烛，是用桦树皮当中卷蜡，是一种很高档的蜡烛，现在"桦烛影微"，也就是光线变暗了，镜头到这里应该切至第二天早晨的响晴白日，但容若还是以马赛克的方式继续写了下去，也就是"红玉软"。

红玉并不是玉，而是人。这是《西京杂记》里的记载，说赵飞燕姐妹都是国色天香，"色如红玉"，后来人们便以红玉来比喻美人的肌肤。《花间集》里有"肌骨细匀红玉软，脸波微送春心。娇羞不肯入鸳衾，兰膏光里两情深"，是说一位肌肤如红玉一般的美女娇羞着不肯和情郎上床，还有"酒醇红玉软，眉翠秋山远"，酒是醇的，红玉是软的。柳永也有一首词：

如削肌肤红玉莹。举措有、许多端正。二年三岁同鸳寝。表温柔心性。

别后无非良夜永。如何向、名牵利役，归期未定。算伊心里，却冤成薄幸。

说一位"如削肌肤红玉莹"的女子很好，温柔体贴，与男主角同床共枕好几年。男主角为了名利出外奔波，归期难定，想来那红玉女子一定把他当作薄情郎了。

施肩吾写夜宴，也有"被郎嗔罚琉璃盏，酒入四肢红玉软"，这个"红玉软"是说三陪女喝醉了。孙棨有诗"彩翠仙衣红玉肤，轻盈年在破瓜初"，诗题叫《赠妓人王福娘》。韩世忠的妻子、巾帼英雄梁红玉，名字便叫红玉，大约是因为她出身风尘的缘故。

因此，在诗词里，红玉是一个很香艳的意象，尤其是"红玉软"，那就到了极致了。现在的问题是：以这样的语言来描写新婚之夜，是否合适呢？这真的是一首新婚之作吗？

燕钗本来也有个出处，是神女赠汉成帝玉钗，后来玉钗化为白燕飞走了，宫人们仿其形制作钗，因名燕钗，也叫玉燕钗。容若这里用"燕钗"当无什么深意，只是泛指那女子的首饰而已。

下片"几为愁多翻自笑，那逢欢极却含啼"，形容那忽喜忽嗔、乍啼乍笑的情态：正绷着脸呢，却突然忍不住笑了；正在"欢极"，却略略带着啼哭。诸家注本普遍推断这是新婚之词，实在很难让人相信。

这两句化自王彦泓"悔多翻自笑，怨极不能羞"。到现在为止，我们见过了不少容若化用前人成句的例子，化用最多的就是这位王彦泓了。王彦泓，字次回，是明代后期的一位诗人，一生仕途不顺，诗却写了不少，传世诗集有《疑雨》《疑云》，顾名思义，多是男女艳体诗，婉转相思，肝肠寸断，有许多漂亮的句子。但现在怕没几个人还知道王彦泓这个名字了，他那些漂亮的句子也只是借着容若的化用而传诵下去。

这个倒霉的人啊，他出身于一个书香门第，娶妻贺氏，恩爱至极，然后，三十六岁丧妻，混到晚年也只做了一个无品无级的县学教官，五十多岁时死在任上。他要是能够预知今后，不知会生出怎样的感慨呢。人人争唱饮水词，彦泓心事几人知？

末句"央及莲花清漏滴，莫相催"，是二人陶醉于"几为愁多翻自笑，那逢欢极却含啼"的快乐，求晚些再天明，如果换在皇帝身上，那就是"从此君王不早朝"了。

央及，就是恳求。莲花清漏是一种雅致的时钟，具体的说法就很不一致了，一说惠远和尚因为山中不知更漏，所以用铜片做成莲花形的容器，底下有孔，放在水盆里，水从底孔里慢慢渗入，渗到一半的时候容器就会沉下去。一昼夜会沉十二次，是为十二个时辰。至于是不是还要有人在旁边守着，看这个莲花清漏一沉下去就赶紧捞出来重新计时，这就不得而知了。

这首小词背后到底有什么真实的故事，那位女主人公到底是谁？这也是一样的不得而知呀。

三十四

［山花子］

小立红桥柳半垂。越罗裙飐缕金衣。采得石榴双叶子，欲贻谁。
便是有情当落日，只应无伴送斜晖。寄语东风休着力，不禁吹。

"小立红桥柳半垂"，是谁在垂柳的掩映之下小立红桥呢？不是
容若自己，而是"越罗裙飐缕金衣"，越罗，具体的意思是越地的丝
绸，向来以华美精致著称——这倒不一定是实指，仅是以"越罗裙"
代指华美的衣着；缕金衣，具体来说就是绣有金丝的衣服，也称金
缕衣，唐诗名句有"劝君莫惜金缕衣，劝君惜取少年时"，这可不是

"金缕玉衣"哦,用"金缕衣"意义和"越罗裙"一样,是描述衣着的华美。"越罗裙飐缕金衣",正是这样一位衣着华美的女子在垂柳的掩映之下独自站在小红桥上。

诗歌语言,描写衣着之美,一般也是在暗指人之美,是让读者通过衣着之美来想象伊人之美,所以,"越罗裙飐缕金衣"这一句最简单的翻译就是:美女。

美女站在桥上做什么呢?她"采得石榴双叶子","双叶"是说成双成对的叶子,进而由叶子的成双联想到人的成双——诗歌里提到双叶,通常就是情侣相思的意象,比如宋词里有"凭将双叶寄相思""欲寻双叶寄情难"。虽然不是石榴才长双叶,但似乎有一种石榴的品种是专长双叶的,大约又因为石榴之"榴"与"留"字的谐音,所以"双叶"常常会和"石榴"连在一起,比如宋词里有"寻得石榴双叶子,惢寄与、插云鬏",有"石榴双叶忆同寻",有"双叶石榴红半吐。倩君聊寄与"。

和石榴双叶相关的一个最常见的动作就是"寄",意思大略也就是容若"欲贻谁"的"贻"。摘得了象征相思的双叶,就要寄给情人。但是,这位"采得石榴双叶子"的女子却在小红桥上痴痴地站着,这石榴双叶虽然已经采在手里,却不知道要寄给谁才好。从字面推测,事情至少有三种可能:一是多角恋爱,这女子还拿不定主意;二是这女子虽然到了怀春的年纪,却还没有情郎;三是这女子已经有了心上人,却害羞而不敢表白。

到底是哪个意思呢？这就是文学作品给读者留下的歧义空间，任由我们去发挥想象了。

"采得石榴双叶子，欲赔谁"这一句，真把少女心事、少女情态描绘得栩栩如生，但这还是从前人诸多成句中化用来的，尤其是王彦泓也有这么一句，是："空寄石榴双叶子，隔廉消息正沉沉。"

王诗是已经把石榴双叶寄给了心上人，忐忑地等着消息，却一点音信也没等来。容若的这番化用无疑强过了王诗原句，这就是文学笔法的一个特性，好比高手描绘战争，精妙之处在于"触而不发"，而不是"正发生"或"已发生"。

下片对句"便是有情当落日，只应无伴送斜晖"，落日和斜晖其实是一个意思，用在对仗里，意思重叠，通常不为诗家所取，但容若用了一"当"一"送"两个意义完全相反的动词使落日与斜晖的意义重复，反倒生出了一番特殊的修辞意味。一个"有情"，一个"无伴"，写出了少女的孤独，那孤独并不是深沉的，恰恰因为是肤浅的而透出了几分憨态和可爱。

结句"寄语东风休著力，不禁吹"，这个动词"寄语"，主语既可以是那位少女，也可以是旁观的诗人，无论如何，他们都是怜惜那小红桥上因伤情而孤独、因孤独而羸弱、因羸弱而弱不禁风的少女，所以叮嘱东风，轻轻地吹呀，不要吹坏了她。

主语取少女还是取诗人，意思上虽然都是可以说通的，但这个选择却足以考验读者的审美层次。取诗人显然是更高一筹的，因为诗人这个旁观者的突然出现无疑给这首小词增加了几分突兀的戏剧性，并且，正像卞之琳的那首《断章》：

　　你站在桥上看风景，

　　看风景的人在楼上看你。

　　明月装饰了你的窗子，

　　你装饰了别人的梦。

　　至于容若这一句里的"东风"，也是一个巧妙的手法：东风本来就是春风，是和煦温柔的，而不是萧瑟的西风或者凛冽的北风，东风只会吹得花开，吹得叶绿，哪会把人吹坏呢？但这少女之孱弱却连东风都禁不得呀。

　　同样的笔法记得有一句"自怜病体轻如蝶，扶上雕鞍马不知"，是说病得憔悴消瘦，身体比蝴蝶还轻，被人扶上雕鞍，马儿浑然不觉。这句正可以和容若的"寄语东风休著力，不禁吹"配成双璧。

　　这首词，正是花间笔法，摹写少女心事、少女情态，却比花间少了几分粉腻，多了几分清新。花间虽是词的正根，流弊却是艳俗，总要被文人雅词冲洗得纯净。

三十五

[虞美人]

黄昏又听城头角。病起心情恶。药炉初沸短檠青。无那残香半缕恼多情。

多情自古原多病。清镜怜清影。一声弹指泪如丝。央及东风休遣玉人知。

病中，黄昏，城头角响，心情恶劣。

一开篇，便是这样一个场面，"黄昏又听城头角，病起心情恶"，情况差到了极点。正在熬药，药汤刚刚沸腾起来，短柄的灯烛闪着青青的火焰，同样是不好的感觉。"药炉初沸短檠青，无那残香半缕恼多情"，燃着香，香也残，烟气也只半缕，仿佛世间一切的糟糕都集中在一起了。

这等惨样要怪谁呢？还不是要怪自己的多情？

其实上片的种种状物都是容若的主观视角所见，物本无关悲喜，只是在容若多愁多病而敏感的心里，一切都是灰色的。

下片愈发顾影自怜，"多情自古原多病，清镜怜清影"，或是化自柳永的"多情到了多病"和张元幹的"有多情多病文园"，多情和多病连在一起，真是一位男装的林妹妹了。在镜子里照见自己清瘦的姿容，也只有自伤自怜而已。

末句"一声弹指泪如丝，央及东风休遣玉人知"，这是常常被人误解的句子。单看字面，仿佛是说弹一下手指泪水便如丝而下，但心里还是念及远方的玉人，央告东风不要将自己多愁多病的情况告诉她。

如果这样解，这首词的主题便是男女情事。

而首先的一个疑问是：为什么"一声弹指"就会惹得容若"泪如丝"呢？如果是睹物思人而"泪如丝"，或者是唱一首歌、喝一壶酒而"泪如丝"，都好理解，可为什么弹一下手指就"泪如丝"呢？大家试试弹一下手指，会生出什么感触呢？

这要先从弹指说起。

弹指，并不是土生土长的中国话，而是一个佛家术语，是从梵语意译而来，具体动作有二：一是拇指和食指做一次快速的摩擦；二是拇指和中指夹住食指，快速地把食指弹出去。佛家的弹指包含四种含义：一是表示虔敬欢喜；二是表示警告；三是表示许诺；四是表示一种非常短的时间单位。

人们一般说起弹指，主要取的是第四种意思。苏轼有个名句"三过门前老病死，一弹指顷去来今"，是说他拜访一位老和尚，开始的时候，老和尚身体健康，只是老了，后来再去，老和尚正在生病，最后再去，老和尚已死了，仿佛只是一弹指的工夫呀。这两句对仗工整，既有人生苍凉之叹，又有佛法超然世外的含义，是为宋诗当中的顶尖名句。

弹指虽然是个时间单位，但一弹指便会发出声响，所以容若说的"一声弹指"自然也是可以的。宋词里便有"往事回头笑处，此生弹指声中"，有"三过平山堂下，半生弹指声中"，但无论如何，弹指的这个"时间单位"意思是确定不移的。所以，容若的"一声弹指"应当是慨叹时间易逝才是。

但是，若取这个意思，"一声弹指泪如丝"这句在上下文中依然很难解释，于是，唯一合理的解释就是：这里的弹指并不是佛家术语里的弹指，而是指容若至交顾贞观的词集《弹指词》，而所谓"一声弹指"便是吟唱《弹指词》中的句子。如此，"一声弹指泪如丝"便语意贯通，豁然开朗了。

　　但是，如此一解，和上文联系起来意思倒是通畅，可下文明明是说"央及东风休遣玉人知"，是心里念及远方的玉人，央告东风不要将自己多愁多病的情况告诉她。明明有个"玉人"在，又关顾贞观什么事呢？

　　这个问题先放一下，我们来看一首耳熟能详的唐诗——杜牧的《寄扬州韩绰判官》：

　　青山隐隐水迢迢，秋尽江南草未凋。
　　二十四桥明月夜，玉人何处教吹箫。

　　"二十四桥明月夜，玉人何处教吹箫"，我们可以想见扬州那月明如水的夜晚，小桥幽雅，美女吹箫，场面自是醉人。但事实上，这里的"玉人"并不是指美女，而是指诗题中的那位判官韩绰——这句诗真是因误读而成名的呀，要是大家知道那桥上站着的是一位"判官"，不知会是什么心情呢？

　　韩绰是杜牧的同事兼好友，这首诗是杜牧离开扬州后怀念韩绰而写来寄给他的。"玉人"这个词我们会想当然地认为是指美女，事实上它是可以男女通称的，尤其在唐代很常见。况且，杜牧这首诗题目就叫《寄扬州韩绰判官》，从寄诗之体例看，玉人也当是韩绰才对。两个证据一汇总，玉人必是韩绰无疑。

　　再看看其他唐诗：

卢纶的《送马尚书郎君侍从归觐太原》：

玉人垂玉鞭，百骑带橐鞬。从赏野邮静，献新秋果鲜。
塞屯丰雨雪，虏帐失山川。遥想称觞后，唯当共被眠。

还是卢纶的《偶逢姚校书凭附书达河南郏推官因以戏赠》：

寄书常切到常迟，今日凭君君莫辞。
若问玉人殊易识，莲花府里最清羸。

权德舆的《送卢评事婺州省觐》：

知向东阳去，晨装见彩衣。客愁青眼别，家喜玉人归。
漠漠水烟晚，萧萧枫叶飞。双溪泊船处，候吏拜胡威。

这都是以玉人指男性的例子，像美男子卫玠这样的人物便已经有玉人之称了。所以，容若以玉人指称顾贞观，这也是合情合理的说法。容若自己多愁多病，又感动于好友的辞章，更不愿好友得知自己的这般境况而忧愁惦念，这也正符合容若的至情至性。如此，"一声弹指泪如丝，央及东风休遣玉人知"正合那多情之人的诚挚深情。

三十六

［浪淘沙］

紫玉拨寒灰。心字全非。疏帘犹是隔年垂。半卷夕阳红雨入，燕子来时。

回首碧云西。多少心期。短长亭外短长堤。百尺游丝千里梦，无限凄迷。

紫玉、寒灰、心字，这三个词在我们现代人看来是完全不相关的，真不知道怎么可以搭在一起。"紫玉拨寒灰"，用玉去拨灰，这是怎么回事呢？

最合理的解释是："拨"字是个通假字，通"扒"，所以"拨灰"就是"爬灰"，"紫玉"就是贵公子的代称——这个解释当然是错的。其实这句话很简单：紫玉就是紫玉钗，寒灰就是心字香烧完之后的冷灰，心字就是心字香烧完之后灰烬落在地上构成心字的形状。这在古人眼里都是很平常的事物，只是年代久远，现代人看起来不那么清楚了。

词中的主人公既然手执紫玉钗，定然是位女子了，只见她拿着紫玉钗拨弄心香的灰烬，把原本那好端端的一个心字形状全都拨弄乱了。

"疏帘犹是隔年垂"，再看那竹帘，自从去年垂下之后就再也没有动过。这句里的"隔年"一般用作"下一年""明年"的意思，但也有当"去年"说的，比如宋词里有"露萼鲜浓妆脸靓，相映，隔年情事此门中。粉面不知何处在。无奈。武陵流水卷春空"，联系一下上下文，就知道这个隔年当是去年之意，容若的"隔年"也该是这个意思。

"半卷夕阳红雨入，燕子来时"，红雨并不是红色的雨，也不是夕阳下被照耀成红色的雨，而是纷飞的落花，如果用动词来表达，就是"落红如雨"。

"半卷夕阳"，这话看上去有些古怪，夕阳怎么可能被"半卷"呢？其实，这个"半卷"是承接上一句"疏帘犹是隔年垂"而来的，是说这位女子把那垂了很久很久的帘子半卷了起来，马上便透进了夕阳，也飘进了纷纷的落花。这种句式可以说是诗词的特殊语法。

"燕子来时"作为上片的结语非常巧妙，似乎平淡无奇，细想一想，却别有一番滋味，似是在说燕子来了人却没来，似是在思念着谁。但这个意思只能让人隐隐感觉得到，却无法确证。

"回首碧云西，多少心期"，下片起头，开始转折。心期即心愿，从上片看到燕子飞来，转而"回首碧云西"，以"碧云西"来感叹"心期"，自见几分渺茫和惆怅。心期或许在盼着那人能与燕子一同归来，却望断碧云，渺茫无极。

"短长亭外短长堤"，诗词语言，一出现长亭短亭，通常只有两个意象：一是送别，二是思归；一出现河堤，一般就是送别。这都是诗人们心知肚明的，通常不用解释。容若这句是化自宋词里的"短长亭外短长桥"，只把"桥"字换成了"堤"，大约是为了韵脚的缘故吧。

末句"百尺游丝千里梦，无限凄迷"，这个"游丝"看上去是个漂亮词，其实指的可不是什么漂亮的意象，而是飘荡的蛛丝。飘荡的蛛丝能有多长呢？最多也就三五尺吧，但容若说的是"百尺游丝"，这岂不是到了盘丝洞？这又是一种诗人语言，"游丝"和"百尺"在诗词里基本上是一个固定的搭配，比如"百尺游丝争绕树"什么的，就是诗人们的主观量度。

游丝即蛛丝，又有什么含义呢？游丝的比喻意象就是心思，比如李商隐"几时心绪浑无事，得及游丝百尺长"。游丝长，就是心绪无聊；游丝乱，就是心绪乱。那么，在这里，心绪的无聊和乱又是为了什么呢？答案就在"千里梦"里——思念远人。

思而不得，无限凄迷。

词句都解释完了，但还有一个问题没有解决：容若这首词写的到底是什么事呀？是他在外出的时候想象着家中妻子对自己的思念而写的吗？又或者是指什么别的女人？

这就真说不清了。但是，还有一种可能性很大：这首词其实和任何人都没有关系。

是的，这首词和任何人都没有关系，这也正是花间传统之一，所有的人物、场景、情绪，都是虚构的。

当初黄庭坚写这类小令，被法云秀和尚批评，黄庭坚自我辩解说："你可别把我当成这样的人呀，我写的这些内容都是瞎编的，绝对不是我的亲身经历！"

当然，词的瞎编不一定纯是向壁虚构，也可以拟境来摹写心情。就像一个人心中有苦闷，写了一个故事来把这苦闷抒发出来。你说这是虚构，也对；说不是虚构，也对。

三十七

［浪淘沙］

　　眉谱待全删。别画秋山。朝云渐入有无间。莫笑生涯浑似梦，好梦原难。

　　红味啄花残。独自凭阑。月斜风起袷衣单。消受春风都一例，若个偏寒。

　　"眉谱待全删"，眉谱，是古代女子描眉的技术指导书。女子描眉，不是随便描的，而是像写诗填词一样，有一些固定的套路和式样。唐玄宗曾令画工画过所谓的"十眉图"，即描眉有十种式样：一为鸳鸯眉，又名八字眉；二为小山眉，又名远山眉；三为五岳眉；四为三峰眉；五为垂珠眉，六为月棱眉，又名却月眉；七为分梢眉；八为逐烟眉；九为拂云眉，又名横烟眉；十为倒晕眉。

其中远山眉在诗歌中该算是最常见的一种，其他如却月眉有杜牧诗"娟娟却月眉，新鬓学鸦飞"，小山眉有罗隐诗"漠漠小山眉黛浅"，不知道晏小山的《小山词》和这个小山有没有关系？大概一个人要填词，尤其是要继承花间体，势必要多学些女性时尚的学问，因为女子从头到脚、从里到外，都是有一大堆专业术语的。

现在我们知道了女人描眉还有个眉谱，但这个眉谱刚刚出现就要遭殃——容若开篇便说的是"眉谱待全删"，也就是眉谱里的那些式样全都不要了。全不要了，那该怎么描眉呢？容若的答案是："别画秋山。"

秋山一词，既可以实际指秋天的山，也可以借指女人的眉毛，出处是宋词里的"鬓鬟春雾翠微重，眉黛秋山烟雨抹"——这是一种很高明的比喻，说女子的头发是"春雾翠微重"，眉毛是"秋山烟雨抹"，如果你想知道这女子的头发和眉毛具体是什么样子，那么诗人这些话说了也等于没说，你还是什么都不知道。但是，诗人给你的想象空间是无限的，这般的以景喻人，更显得超凡脱俗。也就是说，诗人描绘出来的不是相貌，而是气质。

容若这里说"眉谱待全删，别画秋山"，一个女子的面貌跃然纸上。她放弃了眉谱里所有的式样，另外独出机杼，把眉毛画出独有的特色——这是摹写动作，也是摹写心情。有人说现在的女孩子有一个普遍作风：开始恋爱了，就把头发留起来，取意为长发为君留，等失恋的时候就毅然决然地剪成短发。留发和剪发都是简单的动作，简单动作的背后却是复杂的心事。

"别画秋山"到底画成了什么样呢？就是接下来这一句"朝云渐入有无间"，眉色如朝云渐入，若有若无。

这句和"鬟鬓春雾翠微重，眉黛秋山烟雨抹"一样，如果想知道具体式样，完全没有头绪，但气质和情绪却一下子表现出来了。

朝云是被诗人们用得极多的一个典故，出处是宋玉的《高唐赋》，说楚襄王在云梦台上梦见巫山神女，神女说自己"旦为行云，暮为行雨，朝朝暮暮，阳台之下"，从这里引出了好几个相关的典故，比如前边讲过道潜和尚被苏东坡捉弄的时候写诗说"好将魂梦闹襄王"，还有"云雨"成为性行为的婉语，以及巫山神女等等。细究起来，神女和仙女并不像字面看上去的那样圣洁。朝云也是与此相关的一个意象，但容若这里用朝云一语是否含有男女情事的意味，却也难说。

至于"有无间"，也是诗人一个常用的说法，这很可能是受到佛教的影响。佛家讲修行，要"非空非色，即空即色"：如果你太超脱了，什么都看空了，那就是"着空"，并不是修行正途；如果你还牵挂着世间事，那就是"着色"或"着相"，也不对。妙就妙在"空相之间"，但这个说法分明是违反形式逻辑的，也正因为它违反形式逻辑，便有了一种特别的味道，似乎这就是"道"。

常人难于悟道，只知道要么有、要么没有，怎么存在一个有无之间呢？高僧修道的事我们不论，这个有无之间却变成了一个很高妙的审美境界，就像爱情的甜蜜和丰富正在那个既得到又没得到的一刻，而这一刻便成为许多艺术家的追求。唐诗里最著名的有王维的"江流天地外，山色有无中"，不但诗中有画，而且诗中有禅。再有"环佩玲珑有无间"，有"生涯应在有无间"，尤其贾岛在一首题为《送僧》的诗里把这个"有无之间"表达得简直就像一种明确的文艺理论："言归文字外，意出有无间。"

审美总要在有无之间，对于容若的词其实也是这样，似懂非懂的时候看着是最美的，像我这样剥皮拆骨式地讲得明明白白，估计会让许多人失望的。

"朝云"这个意象已经牵涉了楚襄王"阳台之梦"的意象，容若接下来顺势就是写梦："莫笑生涯浑似梦，好梦原难。"是说不要笑这一生好似幻梦，就算是梦，也没有几场像样的好梦呀。这就写得凄凉到了极致。

因为这一句梦的意象的承接关系，上一句"朝云渐入有无间"便成了一个语涉双关的句子，既可以承接上文"眉谱待全删，别画秋山"，以"朝云渐入有无间"来形容画眉，也可以开启下文"莫笑生涯浑似梦，好梦原难"，以"朝云渐入有无间"来形容梦境的似真似幻。容若写的时候也许没有想到这么多，但这在客观上确实营造出了一种非常高妙的修辞手法。

如果"好梦"上承"朝云"，那么显然还有一义可解，就是把读者带入李商隐的名句"神女生涯原是梦，小姑居处本无郎"。

有注本说这首词是悼亡之作，说上片前三句是写梦中看到妻子画眉，后两句是写梦醒后的慨叹。这个说法恐怕很难成立，因为朝云和梦这个意象绝非僻典，而是耳熟能详的典故，其中的神女意象是非常突出的，而男人和"神女"发生关系，一般都是不大正当的男女关系，至少也很难用来形容正妻。像神女、遇仙、会真，多是指女子投怀送抱的艳遇，有时也会和妓女有关，所以，以这个意象写入悼亡诗，恐怕是不大合适的。

"红咮啄花残"，咮（zhòu），就是鸟嘴，红色的鸟嘴把花儿啄得残了，化自温庭筠"红嘴啄花归"，虽然只一字之差，意思却大不一样。下片一开始就是这样一个意象，"红色的鸟嘴把花儿啄得残了"，这不是容若的视角，而是词中那位女子的视角，因为接下来镜头就转到这位女子身上，她正在"独自凭阑"。

独自凭阑，这几乎是诗人母语中最常见的一个短语了，所传达的意象是：孤独、惆怅、没有人理解自己。其实我们现在已经看到容若词中大量化用前人成句，还有大量的用典，只是这些化用和用典大多都很巧妙，羚羊挂角，不着痕迹，化用就像己出，用典就像没用。这倒不是说容若在刻意求工，而是，前人的积累已经太多了，你只要熟读几千首诗词，你就等于掌握了诗人那种特有的语言，你就会把前人的语言融入自己的语言当中，最后完全变成自己的语言了。这样一来，每一个化用与用典都是自然而然、不假思索的，因为那已经变成了你的母语。诗词从一开始的诗人之诗词变为后来的文人之诗词、学人之诗词，作者的修养越来越高、学养越来越厚、积淀越来越多，表达起来也越发丰富和深沉，这便是诗歌流变的一个必然过程。所以对于现代人来讲，诗词的时代越靠后，读起来感觉也就越难，要是读"古诗十九首"，那还是五言诗的初创时代，非常大白话。

大白话有大白话的美，复杂精细的诗歌语言也自有其复杂精细之美。只是现代人一般下不了那么大的功夫，也就对宋代以后的作品很难接受了。

话说回来，这位"独自凭阑"的女子"月斜风起袷衣单"，在月色之下、风起之时，只是一身单衣，更显得楚楚可怜。袷（jiá）衣，即夹衣。这句也正是李商隐"怅卧新春白袷衣，白门寥落意多违"的那般景况。

结句"消受春风都一例，若个偏寒"，其中的"一例"，意思是一同、一起、全是，唐诗有"怕共平芜一例荒""六宫一例鸡冠子"，都是这种用法。

　　前一句说到月斜风起，这风却不是西风、北风，而是春风。这里却说：春风本无偏私，吹到谁的身上都是一样的感觉，都是和煦的、凉爽的，为什么单单是我觉出了寒意呢？

　　春风确实无偏私，单单是"我"觉出寒意，原因何在呢？诗人不言明，读者却可以体会得出：那不是风寒，而是"我"的心寒。

三十八

［采桑子］

拨灯书尽红笺也，依旧无聊。玉漏迢迢。梦里寒花隔玉箫。

几竿修竹三更雨，叶叶萧萧。分付秋潮。莫误双鱼到谢桥。

世界之大，能远远地找个人来思念，谈一场貌似会有结果的恋爱，在月光下、雨声中伤春悲秋，这也算是一种幸福吧？"求而不得"也能够增进幸福指数，经济学家又该伤一番脑筋了。

这首《采桑子》，一开篇便是无聊，而且是"依旧无聊"，是持之以恒、锲而不舍的无聊，容若"拨灯书尽红笺也"，未书尽时似乎略略驱散了无聊，转眼间又是无聊。

无聊成就艺术。还有哪位小说家比普鲁斯特更无聊吗？他擅长去讲那些"没有要点的故事"，他说："亲爱的读者，当昨天我把一块小饼干浸泡在茶里时，我想起了孩提时在乡间度过的一段时光。"然后，他随随便便地就为此书写了八十页的篇幅。

有人仿佛天生就有这样的能力，他们可以把日常琐事变为白日梦，再把白日梦变为舞台演出，再把自己变为台下的观众，然后和其他观众一起伤心落泪。是的，无聊成就艺术，至少有些艺术是由无聊成就的。保尔·柯察金也许会说："送他们去西伯利亚修铁路吧。"但是，人和人就是不一样的呀，生命的多样性总是使我们得益。

"拨灯书尽红笺也，依旧无聊"，灯下写信，写完之后又恢复了无聊。什么信写完后会这么无聊？公文还是什么？这问题的答案在词句里已经有暗示了，虽然没提写的是什么内容，没提是写给谁的，但是提到了写信的信纸。红笺，就是信纸，是一种特殊的红色信纸。

很早以前，蜀地出产的纸张就享有盛名，后来，成都浣花溪的才女薛涛别出心裁，发明了一种深红色的窄小信纸，这就是"红笺"的来历。当初，薛涛以绝世之姿、惊世之才，和当时的许多文人名士诗歌唱和，其中白居易、元稹、杜牧等许多名字都是我们耳熟能详的，薛涛甚至还和丧妻不久的元稹有过一场短暂的恋爱。诗歌唱和，多是一张纸上写一首律诗或绝句，但当时的纸张尺寸较大，以大纸写小诗，浪费倒不要紧，要紧的是不和谐、不好看。薛涛便让造纸工匠特地改小尺寸，做成小笺，自己又发明了新奇的染色技法，能染出深红、粉红、明黄等十种颜色，这就是所谓的"十样变笺"，不是普通的信笺，而是专门的诗笺。

在这十样变笺之中，薛涛独爱深红色，而且除染色之外，还以花瓣点缀，更添情趣。这种红色小笺甫一出世，便惊艳了整个中国文化圈。韦庄还专门写过一首《乞彩笺歌》，足见当时的盛况：

浣花溪上如花客，绿暗红藏人不识。

留得溪头瑟瑟波，泼成纸上猩猩色。

手把金刀擘彩云，有时剪破秋天碧。

不使红霓段段飞，一时驱上丹霞壁。

蜀客才多染不供，卓文醉后开无力。

孔雀衔来向日飞，翩翩压折黄金翼。

我有歌诗一千首，磨砻山岳罗星斗。

开卷长疑雷电惊，挥毫只怕龙蛇走。

班班布在时人口，满轴松花都未有。

人间无处买烟霞，须知得自神仙手。

也知价重连城璧，一纸万金犹不惜。

薛涛昨夜梦中来，殷勤劝向君边觅。

　　韦庄对红笺之推崇，把它比作出自神仙之手的天上烟霞，"人间无处买烟霞，须知得自神仙手"，但这种纸也贵重得很，贵重到"也知价重连城璧，一纸万金犹不惜"。这种红笺名目较多，也有直接就叫薛涛笺的。红笺包含了足以让一切文人雅士着迷的因素：浣花溪、如花客，美女作家亲手制作，而且专门是为诗歌唱和用的。俊雅的文士手里捧着这样一张红笺，红笺上是娟秀的小楷写着"待月西厢下，迎风户半开。拂墙花影动，疑是玉人来"，谁人到此能不心动呢？

　　所以，诗人语言，不必说写的是什么信，不必说写给谁，只要有"红笺"两个字在，一切就尽在不言中了。

　　接下来是"玉漏迢迢，梦里寒花隔玉箫"，"玉漏迢迢"是借用秦观的"玉漏迢迢尽，银潢淡淡横"。玉漏，就是漏壶，是古代的一种时钟，用壶贮水，滴水以计时，我们在历史博物馆里可以看到有铜壶滴漏，就是这种东西，现在我们说的"一刻钟"也是从漏壶的时间刻度来的。在诗歌语言中，同一种漏壶，可以叫作玉漏、银漏、更漏、铜漏、春漏、寒漏，就像前边讲过的同一种笛子可以根据不同的需要写作玉笛、铁笛、竹笛。诗家言，不可深究那漏壶究竟是不是玉制品。

　　诗家言里，一提到漏，一般都是"长夜漫漫、斯人寂寥"的意象，这里也不例外。正是在这"长夜漫漫、斯人寂寥"的无聊时刻，

"梦里寒花隔玉箫"。

寒花，顾名思义，就是寒冷季节里开放的花，宋词里有"看老来秋圃，寒花犹在"，这是菊花；有"重阳重处，寒花怨蝶，新月东篱"，也是菊花；有"是谁招此断肠魂，种作寒花寄愁绝"，是水仙花；有"又何须、向明还灭，寒花点缀孤影"，是灯花。容若这里的寒花到底是指什么呢？还得通观全句来找线索。

"梦里寒花隔玉箫"，寒花和梦有关，还隔住了玉箫，这到底是什么意思呢？

玉箫，很简单，和玉笛一样，反正就是箫的美称，诗词当中说"吹玉箫""按玉箫"的很多。但是，玉箫还是一个人名，是一个典故。宋词里有"算玉箫、犹逢韦郎"，玉箫和韦郎并称，这说的是唐代韦皋的一段情事。

韦皋年轻时游历江夏，住在姜使君那里教书，姜家有个小婢女，名叫玉箫，刚刚十岁，经常来服侍韦皋。过了两年，姜使君离家去跑官，韦皋便离开姜家，住在一座寺庙里，玉箫还是经常去寺庙照顾韦皋。就这样，一来二去，两人日久生情。后来韦皋因事离开，和玉箫约定：少则五年，多则七年，一定回来接走玉箫，还留下了一枚玉指环和一首诗作为信物。

五年过去了，韦皋没有回来，玉箫总是在鹦鹉洲上默默祈祷。到了第八年的春天，玉箫绝望了，叹息道："韦家郎君一别七年，一定不会回来了。"悲伤之下，绝食而死。姜家人怜悯玉箫，就把韦皋留下的玉指环戴在了玉箫的中指上，把她下葬。

韦皋终于回来了，不但回来了，还做了大官，正巧坐镇蜀州。他听说玉箫之死后，凄怆叹惋。于是，便日复一日地抄写佛经、修建佛像，终于感动了一位方士，施法术使韦皋见到了玉箫的魂魄。玉箫说："多亏你的礼佛之力，我马上就会托生人家，十二年后定当再到你的身边，做你的侍妾。"

后来，韦皋一直坐镇蜀地，多年之后，有人送来一名歌姬，年纪小小，也叫玉箫，相貌和当年的玉箫一样，再看她的中指，隐隐有一个环形的凸起，正是当年那个玉指环的形状。

这个中国版的《指环王》的故事后来成为诗人语言中情人盟誓的典故，宋词里便有"阆苑玉箫人去后，惟有莺知得"，有"人何在，玉箫旧约，忍对素娥说"，有"记芙蓉院宇，玉箫同宿"。诗词里遇到"玉箫"二字，我们就得辨别这到底是在说乐器里的玉箫，还是韦皋的那个玉箫姑娘。

在容若这首词里，"玉箫"一词显然是指后者。"玉漏迢迢，梦里寒花隔玉箫"，分明是说梦里与玉箫相会，却隔着"寒花"，不能接近。

至此，"寒花"到底是指菊花、水仙花、灯花，还是别的什么，已经不重要了，总之是在梦里阻隔情人相会的东西。也许，容若只是取其中一个"寒"字，来表达内心的感受吧？

"几竿修竹三更雨，叶叶萧萧"，下片转而抒写窗外的景象：三更夜半，雨打修竹。结局"分付秋潮，莫误双鱼到谢桥"，呼应首句的"拨灯书尽红笺也"，无奈之中也有几分期待。

"分付秋潮，莫误双鱼到谢桥"，分付，是交给、付与的意思。秋潮、双鱼、谢桥，三个词全有来历。

谢桥在前边已经讲过。秋潮、潮水在诗歌语言的一个主要意象是：有信。潮水升，潮水落，都是有一定之期的，人们便由潮水之期联想到人约之期，诸如唐诗名句"早知潮有信，嫁与弄潮儿"。双鱼，古乐府有这样一首很淳朴的情诗：

尺素如残雪，结成双鲤鱼。
要知心中事，看取腹中书。

所谓尺素，后人用来代指书信，而原本，在纸张流行之前，人们是用木板或帛做成尺把大小的版面来写字。用木板的一般被叫作尺牍，后来书信也常被称为尺牍；用帛的一般被叫作尺素，晏殊名句"欲寄彩笺兼尺素，山长水阔知何处"，彩笺就是前边说过的薛涛笺，尺素就是现在讲的这个东西。

所以，这首古乐府是说：尺素颜色如残雪，在上边写好了内容，扎成一对鲤鱼的形状。你想知道我的心事吗？那就看看鱼肚子里的内容吧。

　　所以，容若笔下的这个双鱼并不是真正的鱼，而是由尺素结成的双鱼形象。这尺素是什么呢，就是首句"拨灯书尽红笺也"的那个"红笺"——刚才是在挑灯给情人写信，写完了，现在封好，要寄出去了。

　　"分付秋潮，莫误双鱼到谢桥"，这是一句非常巧妙的修辞，从字面上看，是把双鱼交付给了秋潮，让秋潮千万要准时把双鱼送到谢桥，不要耽搁了。潮、鱼、桥，全是水中的意象，潮水把鱼儿送到某一座桥下，这是顺理成章的事情，而在字面之外的实际意义上，秋潮、双鱼、谢桥，却没一个真正和水有关，全都是诗人的典故和比喻而已。

　　回头再通读全词，会发现它首尾呼应，每一句的场景和意思都是连贯的，修辞之巧妙更是令人赞叹。把一首爱情小词写得如此浑然天成，不愧是才子笔法。

三十九

［眼儿媚·中元夜有感］

手写香台金字经。惟愿结来生。莲花漏转，杨枝露滴，想鉴微诚。

欲知奉倩神伤极，凭诉与秋擎。西风不管，一池萍水，几点荷灯。

词题《中元夜有感》，中元夜，就是中元节之夜。提起中元节，年轻人大概没几个人知道了，但要说起盂兰盆会，对佛教有一些了解的人以及爱看武侠小说的人应该都有印象，如果再说到鬼节，那就无人不知了。其实这三个节日都是同一个日子：农历的七月十五。

和尚做道场常常是在这个日子，追溯缘起，也许要追到梁武帝身上。至于理论上的依据，则应该是源于《佛说盂兰盆经》。

佛陀的大弟子中有一位目连尊者，有一天，他想起了自己已经过世的母亲，于是运起神通仔细察看，见到母亲投生在饿鬼道里，饱受饥饿之苦。目连尊者心中悲痛，便再运神通，盛满一钵米饭送到饿鬼道去给母亲充饥。母亲见了米饭，急不可耐地拿来要吃，可突然之间，那满满一钵米饭却变成了焦炭模样，根本无法下口。目连尊者无计可施之下去求佛陀，佛陀便让目连尊者在七月十五日那天开设大斋供养十方众僧，以本身的功德加上十方众僧之力一起解救目连尊者的母亲。目连尊者按照佛陀的指示去做，终于获得了成功。佛陀也因着这个缘故，讲了一部《盂兰盆经》，而盂兰盆会也就这么流传下来了。

这部《佛说盂兰盆经》应当是一部伪经，印度既无此经，历法也和中国不同，更没有可以代人赎罪的说法，但这种能够干涉别人的业力因缘而代人赎罪的办法无疑是受人喜爱的，有了群众基础，也就非常容易传播了。

此外，后来已经很少有人知道，七月十五本来是个道教的节日，称为"中元节"，但那个时代里佛、道既对抗又融合，再加上民俗等等掺杂在一起，后世之人便很难搞清楚某些事情的真真假假和来龙去脉了。如今的七月十五以"鬼节"知名，据说那一天"鬼门开"，大鬼小鬼蜂拥到人间，七月也因此成了被人们忌讳的一个月份。佛陀有知，一定会露出个哭笑不得的表情。

但无论如何，七月十五，要做道场，要祭祀亡故的亲人。那时的卢氏去世不久，容若此词，正为悼亡而作。

"手写香台金字经"，香台，就是佛殿里烧香的台子，代指佛殿。金字经，是用金泥来抄写佛经。按说佛祖不会稀罕金银珠宝，但人心如此，金泥写经和金泥漆佛像这类事情自长久以来便形成了传统。有史家曾经疑惑过：史料上记载的那么多金子后来怎么都不见了？答案是：大部分都被用来抄写佛经和漆抹佛像了。一次用的金子虽然不多，但架不住蔚然成风、年深日久呀。时至近代，为亡人抄写金字经的传统还在，而且不止抄一遍。迷信不迷信另说，这毕竟是人的心意所在，精诚所至。

容若"手写香台金字经"，也是精诚所至，佛前要有所求，求的是"惟愿结来生"。今生就这样结束了，再怎么悲伤也无济于事，如果精诚可以感动佛祖，愿转世来生，再续前缘。

佛门给了人们转世的希望，给了多少容若和卢氏这样的断肠情侣以希望。人心所向总会压倒文本的初义，其实投胎转世之说恐怕是有违佛教教义的。

佛陀的思想当中有几个概念是属于核心概念的，从某种意义上说，这些基本概念对后人的意义就如同一把标准的尺子，可以用来衡量和判断某一种"佛家思想"到底是不是符合佛陀思想的基本原则。

　　"四法印"就是这样的一把尺子。

　　"印"的本意就是印章、印玺，比喻这些基本原理是被加盖了最权威的印玺的。这"四法印"分别是：诸行无常。诸法无我。涅槃寂静。有漏皆苦。

　　而这"四法印"之中，又以前两点"诸行无常"和"诸法无我"最为根本，从这两点追溯，就牵扯出了佛陀思想中一个最最根本的概念——因缘。佛法种种，大多是附着在这个"因缘"概念之上的。

　　何谓因缘？一切事物、一切现象都不是独立存在的，而是纠缠在因果关系的链条里，受着因果规律的制约，此生而彼生，此灭而彼灭。

　　于是，宇宙万物，既然"此生而彼生，此灭而彼灭"，哪里还有什么事物是恒常存在的呢？刹那之间生灭相续，是谓"无常"。万事万物，成住异灭不出此理，是谓"诸行无常"，此即"四法印"中的第一法印。那么，如果认识不到万事万物的无常本质而错认为有些事物是恒常不变的这类见解，佛家谓之为"常见"，因而主张人们要摒弃"常见"来认识佛法。另外，虽然万事无常，它们却无一不是按照因果规律在生生灭灭着，这是绵延无尽的，如果只看到"灭"却看不到"生"，或者只看到"生"却看不到"灭"，都是因为没有认识清楚因果链条的绵延无尽的性质，所以，这种错误的见解佛家谓之为"断见"，也是要摒弃的。

　　那么，既然万事无常，"我"是不是也在"无常"之内呢？

佛家把一切生灵都叫作"有情",一个"有情"并非是一个单独的个体,而是种种物质元素和精神元素的聚合体,这些元素归纳来说就是"六大",即地、水、火、风、空、识。"六大"之中,地为骨肉,水为血液,火为暖意,风为呼吸,空为空隙,识为精神。"有情"从另一个角度来说又是"五蕴"的聚合,"五蕴"就是色、受、想、行、识,这在中国最具普及性的经文《般若波罗蜜多心经》中讲得非常清楚:"是故空中无色,无受想行识,无眼耳鼻舌身意,无色声香味触法。"这话几乎是人人熟知了。那么,既然"有情"(也可以在这里把"有情"代入为"我")并非一个独立存在,而是"六大"和"五蕴"的聚合体,这种种细小的因素刹那间相生相灭,那个"我",究竟又在哪里?对此,有一句著名的偈子"从前种种譬如昨日死,今后种种譬如今日生",大体就是这个意思,只不过世人通常把它理解为心理励志了。

那么,再往下推论的话,所谓"六道轮回",其实并不是有一个"我"在其中轮回,不是有一个恒常不便的灵魂在其中轮回,而是"有情"的死亡导致了"六大"与"五蕴"分崩离析,而分离后的种种因素又在因果的作用下发生了新的聚合,这并不是被很多人想当然地理解的那样,存在着一个不变的、恒常的灵魂,在六道之中反反复复地投胎转世——"因"只会"促成""果",而不会"变成""果"。

对于这个"诸法无我",历来还有着种种引申的理解,但绝对不是像《三世因果经》之类的伪经所谓的那样：有一个恒常不变的"我"，今生积德行善，好求得来生的福报——佛陀指给人们的"因果"之说，是在阐明宇宙变化的规律，而不是庸俗的道德投机。佛陀是在给大家讲道理，而不是带领大家做买卖；佛陀所关注的是解脱之道，而不是帮助世人求平安、求富贵。

那么，再回到这个因果规律，所谓"善有善报，恶有恶报"，这句名言其实一样是在说规律，但是，这个规律却不是像很多人僵化理解的那样："我"做善事，所以"我"就得善报；"我"做恶事，所以"我"就得恶报——这是道德，而不是佛法，佛陀关注的是宇宙的终极真理和众生的解脱法门，而不是道德，当然就更不是道德投机。

所以，从这层因果规律来看，前人栽树，是种了善因；后人乘凉，是得了善果，并不是前人栽了树就一定能自己乘凉的。从另一个角度来说，前人砍了树，是种了恶因；他自己乘不了凉，后人也跟着乘不了凉，这是恶果。所以，虽然"善恶有报"没错，可种下善因的人却不一定是自己得到善报，种下恶因的人也不一定是自己得到恶报。这才是世界的真相，不过后来被赋予了太多一厢情愿的道德色彩；这才是"善有善报，恶有恶报"的本来面目，只不过这真会伤透了那些怀有美好情操和淳朴愿望的人的心。

当然，谁也不会在断肠人面前深究佛理，接下来的"莲花漏转，杨枝露滴"，也都是佛教的典故。莲花漏，是一种雅致的时钟。杨枝，就是杨柳枝，我们最熟悉的佛教当中的杨柳枝应该就是观音菩萨手持净瓶，瓶中插着的那一枝杨柳了。观音菩萨有时会把杨柳枝从净瓶里取出来，滴上几滴瓶中的甘露，马上就可以让人起死回生——这样的事在正史里都有记载，《晋书》里说石勒的爱子石斌暴病而死，石勒请来高僧佛图澄，佛图澄用杨柳枝蘸了些水，洒在石斌身上，念了一段咒语，然后一拉石斌的手，说："起来吧。"死去的石斌果然就起来了。

容若用这两则佛门典故，语带双关，既点明自己此刻身在佛殿，一心向佛，也是在向佛祖袒露自己的心意。"莲花漏转，杨枝露滴，想鉴微诚"，想想这个画面，确是感人的一幕。

"欲知奉倩神伤极，凭诉与秋擎"，下片开始，语意转折。奉倩，即荀奉倩，也就是"不辞冰雪为卿热"那个典故的主人公。据说荀奉倩的妻子死后，大家前去吊唁，只见荀奉倩"不哭而神伤"。这五个字真是传神的描绘，最适合的描述也许要算晚年的约翰·克里斯朵夫听说葛雅丽齐之死的那一幕了：葛雅丽齐的死，使所有的朋友产生了对一向感情奔放的克里斯朵夫的强烈担心，但是，"一天晚上，在高兰德家里，克里斯朵夫在琴上弹了差不多有一个小时，他尽量地发泄，忘了客厅里都是些不相干的人。他们都不想笑他，这些惊人的即兴之作把大家听得惶惶然不知所措。连那些不懂其中意义的人，心里也难过极了；高兰德甚至含着眼泪……克里斯朵夫弹完了，突然转过身来，看到大家激动的情形，便耸了耸肩膀，大声笑了出来"。

葬礼上的哭，既是心里的悲伤流露，也是一种礼貌的仪式。忘记了仪式，超出了悲伤，这种情绪便已经到了极致，是会成为杀手的。笑的人很快就死了，神伤的人很快也死了。他们的哀恸也许难以被人们理解，但他们就是那样地哀恸着。

"凭诉与秋檠"，檠通棨，是灯柱，代指灯烛。秋檠，即秋灯，宋词有"又怕便、绿减西风，泣秋棨烛外"。"欲知奉倩神伤极，凭诉与秋檠"，这也是悲哀以至于无情的言语。

结语更是无情："西风不管，一池萍水，几点荷灯。"荷灯，是荷花形的小灯，浮在水面，中元之夜民俗以荷灯祀鬼，这般景象现在已经罕见了。容若以西风、萍水、荷灯作为结语，以"不管"二字冷冷带出，见得人之神伤无感于物，花自飘零水自流，无悲无喜，哪管旁人的哀伤呢。以冷语结悲情，愈见悲恸。

四十

[浣溪沙]

抛却无端恨转长。慈云稽首返生香。妙莲花说试推详。

但是有情皆满愿，更从何处着思量。篆烟残烛并回肠。

　　因为妻子的故去，容若发出了"料也觉、人间无味"的悲凉叹
息。这一叹，悠悠然就是他的整个后半生。康熙十五年（1676年）
是容若人生的转折点，也是他词风的转折点。妻子卢氏在这一年的
七月永诀尘世，容若将她的灵柩安置在双林禅院，足足守候了一年
多的时间，迟迟不忍将棺椁下葬。

如果我们晓得一点古代礼制，就会更懂得容若的心。

中国素称礼仪之邦，在一切礼仪中又最重葬礼。儒家葬制，人在过世之后不能马上入土，灵柩要先在家里放上一段时间，意思是表达生者对死者的留恋之情。这段停灵的时间被称为"殡"，灵柩供人凭吊，到一定天数之后再抬出安葬，即"出殡"。

停灵的时间并非随意。天子身份最尊贵，所以停灵时间最长，其他人等而下之。宋代以后，主要实行的是朱熹根据周礼改订的《朱子家礼》，将停灵时间确定为三个月。但是，古人经常不愿意将死者及时下葬，总要一拖再拖。究竟能拖多久呢，有的甚至能拖到家里人根本忘记了灵柩放在什么地方。

之所以会出现这等荒唐的情形，是因为风水观念渐渐流行开来，大家都觉得只要将家中的死者葬在一处风水宝地，后人就能够家业兴隆。但风水宝地并不易觅，风水师们又各有各的说辞。所以正统儒家才会越发强调丧葬的时间表，绝不肯向风水师妥协。容若将妻子的灵柩超期安置，在士大夫阶层里不知会引发多少闲言议论。

感情超越一切，无论如何，容若就是长时间地守在这里，眼看着佛灯明灭，耳听着梵音经唱。他本来并没有学佛的意愿，却因为妻子的死，因为长期在禅院里的流连，思想与性情皆被佛家世界深深地攫住了。

容若这首《浣溪沙》就是在这样的背景下写成的。

"抛却无端恨转长，慈云稽首返生香"，这是说想要抛开无端的烦恼，却平添了更多的幽怨，只一心在佛前跪拜，求佛大发慈悲，使自己的妻子死而复生。

"慈云"一词是佛家语，在佛经里很常见的，因为佛家称佛的慈悲如大云覆盖世界，容若用在这里，代指佛祖。

"稽首"是一种跪拜礼，是儒家的古礼。"返生香"典出《海内十洲记》：聚窟洲有一座神鸟山，山上有返魂树，如果砍下这种树的树根和树心，在玉釜里煮成汁、煎成丸，就是所谓的惊精香，也叫返生香。埋在地下的死者一闻到它的香气就会复活，复活之后就再也不会死去了。

容若这两句词的含义是：不管怎样想抛却烦恼，烦恼只是越斩越多，便只有祈求佛祖慈悲，把返生香赐给自己，好让亡妻能够复生。其实在此之前，容若并不亲近佛门，他一方面大受儒家文化的熏陶，少年立志经邦济国；另一方面秉承满族传统，弓马娴熟，武艺高超，是一个文武兼资的人物。加之家世显赫，在政治上自然前途无量。一个人在处境顺利、前途光明的时候，很少有投身宗教的念头，只有在受了打击、经了挫折之后，无处可以排遣，无处可以依靠，才想到有宗教一途可以自我开解。

恰好，清代虽然不是佛法繁荣的时代，却是一个佛教泛滥的时代，全国寺庙数量远超前代，以禅宗和净土宗为最盛。这两派的流行是非常合乎逻辑的：相比其他宗派，这两派并没有令人望而生畏的理论深度和复杂玄妙的教义，易于被老百姓接受。容若此时的处境，也不可能去钻研唯识学那样的佛理，只围着自己的愿望与忧伤打转，稽首慈云之后，便是"妙莲花说试推详"。

　　所谓"妙莲花"，指的是《妙法莲华经》，简称《法华经》。《法华经》属于大乘佛教，本是天台宗的主要经典，部头很大，理论体系也比较复杂，所以《法华经》真正对世人发生影响的只是其中的《观世音菩萨普门品》，这是中土佛教中观世音信仰的主要源头。

　　《法华经·观世音菩萨普门品》中，无尽意菩萨向释迦牟尼请教，观世音菩萨为什么名为观世音，释迦牟尼做了一番非常详细的说明（我简单翻译一下）："如果有无量百千万亿那么多的众生，他们遭受到种种苦恼现在听说过观世音菩萨之后，只要一心称念他的名号，观世音菩萨就会立即观察到这音声，使那些身处苦恼的人都得到解脱。如果有人奉持称颂观世音菩萨的名号，那么即使他不幸陷入大火之中，大火也不能将其烧着，这是因为此菩萨有大威力大神力的缘故。假如有人不幸被大水卷走，只要他有称念观世音菩萨的名号，他就能很快到达浅处。假如有百千万亿那么多的众生，为了寻求金、银、琉璃、砗磲、玛瑙、珊瑚、琥珀、珍珠等宝物，乘船进入大海，即使正好碰上狂风，将其船只吹到罗刹鬼国，如果其中有人，甚至是仅仅一人，称念观世音菩萨的名号，那么所遇难的人都能从鬼国中得以解脱。因为这种因缘，所以就称其为观世音菩萨……"

　　你不管遇到什么苦难，不管遭受着多大的烦恼，只要念诵观世音的名号，观世音菩萨就会到你身边，立刻为你化解一切。容若这里的"妙莲花说试推详"应当就是在推详《法华经》中关于观世音菩萨的这段内容，证据就在下片的两句对仗："但是有情皆满愿，更从何处著思量。"

"有情皆满愿"语带双关，原意是一切众生都能如愿（"有情"在佛学术语里指一切众生），引申义反而用了字面上的含义，是说有情人只要许愿，总能如愿。的确，《法华经》就是这么说的，言之凿凿。但焦虑之情依然没有着落，心情百转千回，惶惑无助。这样的情态，便是词的末句"篆烟残烛并回肠"。

"篆烟"是说香火燃烧，烟在空气中抖动，有如画出了篆字，也可以理解为香火烧尽时香灰的形状如同篆字。残烛留下了熔化的、凸凹起伏的蜡，和篆烟一样，和容若的心情一样，起伏不平。

通观全篇，一个凄惶的、忐忑的多情种子跃然纸上。他的一切都围绕着亡妻——因为她的死，他在佛门中寻找灵药；因为遍寻不获，他对佛经和菩萨也隐隐有了疑惑和埋怨。他并不是一个合格的信徒，只是一位深情的丈夫。

四十一

［长相思］

山一程。水一程。身向榆关那畔行。夜深千帐灯。

风一更。雪一更。聒碎乡心梦不成。故园无此声。

康熙二十一年（1682年），皇帝因为平定了三藩之乱，东巡祭告奉天祖陵，容若身为大内侍卫，扈从随行，在经过山海关的时候写了这首《长相思》。词中"榆关"是山海关的旧称。

词很短小，语言也很浅白，用不着多做解释，但就是这样一首小令，却成为纳兰词中的名篇，原因主要就在于王国维的推举之功。

王国维在《人间词话》中讲到诗句的壮观之境，说"明月照积雪""大江流日夜""中天悬明月""澄江静如练""大漠孤烟直，长河落日圆"，这些境界可谓千古壮观，如果在词里去找，纳兰容若塞上之作如《长相思》的"夜深千帐灯"，《如梦令》的"万帐穹庐人醉，星影摇摇欲坠"，基本上也达到了这个境界。

王国维这话大体不差，但忽略了重要一点：诗词的壮观之境不单靠字面内容的呈现，而且要靠内容与形式的结合。"夜深千帐灯"虽然给我们呈现出来一幅千古壮观的画面，但为什么在读起来的时候其实并不容易找到这种壮观的感觉，这是因为它在形式美上并不是壮观的，所以无法和内容美呼应起来。

形式美之于诗词，也就是音律之美。即以最简单的韵脚而论，古人写诗填词，抒发什么样的情感，就要配合使用什么样的韵脚。比如，要表现豪迈远大，用韵就多用"红、空"这类；要表现平和稳重，用韵就多用"元、沙"这类；要表现温柔婉约，用韵就多用"枝、期"等等。

诗句，仅仅是吟诵而不是入乐，韵脚一变，意境也变。诗词是一门形式艺术，取消了形式，也就无所谓诗词了。

韵脚之外，再看整个句子的音色。"大漠孤烟直，长河落日圆"，读起来是圆润爽朗的，自有一番黄钟大吕的气势，而"夜深千帐灯"，读起来舌头展不开，这不是说它的音色不美，而是它的美是一种小调的美、温柔的美。

容若这首《长相思》，并不是什么大开大阖的内容，而是一首倦旅思乡的小令，写得温柔缱绻，几分疲惫、几分无奈。其词牌的选择、韵脚的选择，都很好地在为这个主题服务，所以才构成了一首形式美与内容美相和谐的作品。如果它身上真的展现了"千古壮观"，反倒不伦不类了。

这首词还反映了一种很有趣的文化心态。容若说的"故园无此声"，这个"故园"是指北京府邸，而从他的血脉来看，这次"山一程。水一程"和"风一更。雪一更"的"榆关那畔"才是他真正的"故园"。

清朝入主中原，一不小心就会陷入汉文明的温柔乡里拔不出来。所以，如何才能让八旗子弟坚守传统，如何保持弓马娴熟的作战能力，这是统治者要致力解决的问题。容若这首《长相思》显然在政治上是不正确的，是"腐朽没落"的表现。

事实上，容若以这般的汉文化修为，和汉人知识分子关系如此密切，这大大有违清朝当时的基本国策，很容易招来皇帝的处分。容若之所以不曾落到这般田地，完全得益于他满汉兼修，有一身过人的骑射功夫，未废关外传统。而在容若的同时代里，还有一位爱新觉罗·岳端，是康熙皇帝的同辈，位在郡王，无论从诗歌风格还是家庭背景、性格与交游，都和容若相似，只比容若成名略晚，但他的一生偏偏大起大落，这除了受父兄牵累之外，也和他全盘汉化、罔顾自己的民族传统大有关系。

在儒家传统里，所谓"夷夏之防"，不是血统决定论，而是文化决定论，也就是说：谁掌握了先进文化，谁就是华夏；谁退步成落后文化，谁就是夷狄。晚清"睁眼看世界"的那些先贤感叹欧美才是华夏，我们已经变作夷狄了，道理就在这里，这是儒家前辈们绝对想不到的局面。以这种标准来看纳兰容若，基本可以认定他是汉人了，但对容若自己而言，又无法割断血缘认同与民族传统，一颗心时时被拉扯在两极之间，真是一种常人难以感受的痛苦。

后记

　　红楼灯熄，东篱菊凋。想侧帽来时，兰成憔悴；玉箫去后，奉倩神伤。情多转薄，得几分杜郎俊赏；酒醒心醉，谁道是竹山歌楼？梁溪高士，弹指相知；栋亭旧友，登高为赋。金马空门，念家中谁教鹦鹉；谢桥流水，待秋潮寄我双鱼。欲挽罗衣，难结连理；空言解佩，何处闻琴？过蓝桥而浆非易乞，写红笺而约总难凭。饮水词工，心期独得于言外；草堂梦好，燕钗莫遗于凡间。泥犁何欢，携得秦七黄九；花间何憾，管他诗正词闲。百读而如初见，但推容若一人；北宋之后独步，信哉观堂斯言。

　　骈四骊六几句，其中典故多是正文中介绍过的，拿来游戏成文，大家也看看自己记得多少？呵呵。

　　最后，有千字左右摘引自熊逸表哥的书中，文中未注，在此一并致谢。

苏缨

2007年8月于苏州小红楼